PETIT HECTOR APPREND LA VIE

FRANÇOIS LELORD

PETIT HECTOR APPREND LA VIE

Odile Jacob

15, RUE SOUFFLOT, 75005 PARIS

ISBN : 978-2-7381-2567-5

www.odilejacob.fr

À mon père

Il était une fois un petit garçon nommé Hector.

Comme il avait aussi un papa nommé Hector, en famille on l'appelait souvent « Petit Hector ». Ça aurait pu l'énerver, mais non, en fait, car sa maman et son papa avaient commencé à l'appeler comme ça quand il était bébé ; donc, il s'était habitué.

Quand même, appeler un enfant du même nom que son papa et en plus mettre « petit » devant, est-ce que ça ne peut pas lui poser des problèmes plus tard et lui donner des complexes et des envies de faire tout comme lui ou bien au contraire tout l'inverse et peut-être de grosses bêtises ? Ses parents n'auraient-ils pas mieux fait de demander un avis à un psychiatre avant de choisir le prénom ?

Eh bien non, parce que le papa de Petit Hector, il était psychiatre, justement ! Et les psychiatres ne demandent jamais leur avis à leurs confrères sur la manière d'élever leurs enfants ; ils n'ont pas forcément confiance dans leurs réponses.

Psychiatre, c'est un beau métier, mais, le soir, vous ne pouvez pas tout raconter de votre journée à votre famille, seulement un peu, quand les gens vous ont dit des choses vraiment intéressantes ; c'est ce qu'on appelle le respect du secret professionnel, ou plutôt, comme disait le papa de Petit Hector, le respect de la trahison du secret professionnel.

Petit Hector était fier de son papa, d'abord parce qu'il était docteur et il savait que c'était très difficile de devenir docteur, et aussi parce qu'il avait toujours l'air calme, un peu comme s'il était le plus fort du monde et qu'il n'avait jamais besoin de s'énerver.

La maman de Petit Hector s'appelait Clara, et il trouvait aussi qu'il avait la meilleure maman du monde. Souvent, quand elle rentrait plus tôt de son bureau, Petit Hector et sa maman se retrouvaient tous les deux seuls à la maison et avaient de grandes conversations. Il lui racontait ce qui lui était arrivé à l'école, et sa maman l'écoutait toujours. Quand il racontait qu'il avait été gentil avec un camarade dont les autres se moquaient ou qu'il avait bien répondu en classe, elle lui disait : « Bravo, Petit Hector » et elle lui donnait de petits baisers. Souvent aussi, elle lui en faisait sans aucune raison, en murmurant : « Mon Petit Hector. » Donc, Petit Hector se sentait très heureux.

Sa maman l'écoutait beaucoup plus que son papa. C'était drôle parce que le métier de son papa, c'était justement d'écouter les gens, alors que celui de sa maman, on aurait dit que c'était surtout d'écrire. Parfois, il la voyait le soir travailler sur son ordinateur. Son papa s'exclamait : « Mais viens donc regarder la télé avec nous. » Et sa maman répondait presque toujours : « Non, il faut que je finisse cette présentation pour demain. » Petit Hector avait compris que ces présentations, c'était un peu comme d'aller au tableau. Sa maman avait des chefs qui pouvaient lui donner une bonne ou une mauvaise note.

Elle travaillait dur, mais elle aimait aussi faire la cuisine, toujours des choses délicieuses comme du poulet rôti avec des frites, du jambon avec de la purée, de la salade de tomates avec du thon. Bien sûr, elle préparait aussi plein de légumes à la vapeur avec un peu d'huile d'olive et elle voulait toujours que Petit Hector et son papa en mangent beaucoup, des légumes, mais eux moins. Alors, de temps en temps, elle en faisait en tarte ; ça, ils aimaient mieux.

Vous avez déjà deviné que Petit Hector avait déjà de la chance dans la vie, plus que la plupart des enfants du monde : il vivait avec ses deux parents, son papa avait un bon métier et ne risquait pas de se retrouver au chômage, sa maman savait faire la cuisine et avait une bonne situation elle aussi. La famille se réunissait à table pour les repas. En plus, de temps en temps, son papa jouait au ballon avec lui.

Mais le bonheur, c'est une affaire de comparaison, comme vous le savez sans doute. Donc, même avec toute cette chance, Petit Hector n'était pas toujours heureux, car la vie, ce n'est pas si facile. Et il faut l'apprendre, comme disait souvent son papa, qui ajoutait : « Mieux vaut commencer tôt, car on ne sait jamais le temps qui reste. » Il était comme ça, son papa.

Chaque fois qu'il disait ça, la maman de Petit Hector observait : « Tu pourrais t'abstenir d'ajouter ce genre de commentaire. » Petit Hector ne comprenait pas vraiment ce qu'elle voulait dire, mais il aimait bien cette phrase. Alors, un jour, quand le maître lui avait dit :

« Hector, je t'ai mis une mauvaise note, parce que visiblement tu n'as pas travaillé du tout », il avait répondu devant toute la classe : « Vous pourriez vous abstenir d'ajouter ce genre de commentaire. » Et ses parents avaient été convoqués pour parler avec le maître, le psychologue de l'école et l'assistante sociale.

Petit Hector avait appris une première leçon de la Vie : *quand on parle, il ne faut pas oublier à qui.*

Il avait remarqué que son papa écrivait souvent ses pensées dans un petit carnet qu'il portait toujours sur lui. Il se dit que, lui aussi, il écrirait toutes ses leçons de Vie dans un petit carnet et qu'un jour, il les montrerait à son papa et à sa maman. Ils seraient fiers de lui.

Alors voilà, on va vous raconter comment Petit Hector a appris la Vie.

Petit Hector et son papa

Petit Hector aimait être avec son papa et sa maman, mais encore plus tout seul avec sa maman ou bien tout seul avec son papa. Comme ça, il trouvait qu'ils pouvaient mieux se parler.

Souvent, le dimanche, son papa allait faire un tour dans une petite forêt pas loin du quartier où ils habitaient. Bien sûr, il emmenait son fils avec lui. La forêt était belle, et Petit Hector espérait qu'un jour, ils rencontreraient des lutins ou des fées comme dans les contes mais, d'un autre côté, il savait que c'était impossible. De temps en temps, cependant, lui et son papa avaient aperçu des biches qui s'arrêtaient pour les regarder une seconde d'un air étonné avant de disparaître.

Ce jour-là, c'était l'automne. Et bien sûr, une forêt, c'est encore plus beau en automne. Un peu de vent faisait voleter les feuilles mortes, et le père et le fils marchaient bien tranquillement.

Mais Petit Hector avait des soucis. Il dressait la liste de tous ses soucis dans sa tête, c'était une habitude qu'il avait. Et il était content quand il n'en avait qu'un ou même pas du tout, ce qui arrivait assez souvent quand même. Mais ce jour-là, il en avait beaucoup, des soucis.

Il avait prêté un jeu vidéo à un copain qui prétendait qu'il l'avait perdu mais qu'il allait sûrement le retrouver. Ça embêtait quand même Petit Hector parce que ce jeu vidéo, c'était Arthur, un autre copain, qui le lui avait prêté. Arthur était très gentil, c'était le dernier à qui il aurait voulu faire de la peine.

Il n'avait pas très bien préparé son dernier devoir de géographie, et il se demandait si le maître n'allait pas lui mettre une très mauvaise note. Ça allait être la honte, surtout quand sa maman regarderait son carnet de notes.

Quand il était allé acheter de nouvelles chaussures, dans le magasin, il avait déclaré à sa maman et à la vendeuse qu'elles lui allaient très bien. Il voulait vraiment cette très belle paire très chère qui le faisait ressembler à un champion et la vendeuse n'avait pas la taille au-dessus. Mais maintenant, en marchant, il se rendait bien compte que ces belles chaussures étaient trop petites.

Dernier souci, et celui-là durait depuis quelque temps : il aimait beaucoup une fille de l'école. Elle s'appelait Amandine. Mais jusqu'à présent, il n'avait pas osé lui parler et craignait d'avoir l'air d'un idiot.

— Petit Hector, ça va ?

C'était son papa qui s'était arrêté de marcher et qui le fixait.

— Oui, ça va.

— Ah bon ? Parce que tu ne dis rien, tu ne ramasses pas de belles feuilles. Moi, je trouve que tu as l'air de te faire du souci.

Petit Hector savait bien que le métier de son papa, c'était d'aider les gens à se faire moins de soucis, alors, c'était normal qu'il sente quand il s'en faisait.

— Oui, un peu, reconnut Petit Hector.

— Bon, alors, dis-moi, quel genre de souci ?

Petit Hector hésita. Que raconter à son papa ? Il commença par le moins difficile, l'histoire de Guillaume et Matthieu, et puis le devoir de géographie… et puis, il lui raconta tout, le jeu vidéo d'Arthur, les chaussures trop petites, Amandine…

À la fin, il avait envie de pleurer.

— Bon, dit son papa, c'est bien qu'on en parle.

— J'en ai marre, dit Petit Hector, j'aimerais ne pas avoir de soucis !

— Ah, tu sais, tout le monde a des soucis. C'est normal.

— Non, dit Petit Hector, quand je serai grand, je n'aurai plus de soucis.

Il voyait bien que son papa et sa maman, eux, ils n'en avaient pas.

Son papa sourit.

— Petit Hector, les soucis, ça n'arrête jamais.

— Même quand on est grand ?

— Même quand on est grand.

— Mais quel genre de soucis ?

Son papa eut l'air de réfléchir un petit peu, et puis finalement, il dit :

— Les mêmes.

— Les mêmes ?

— Oui.

— Mais non, quand on est grand, on peut faire ce qu'on veut, on peut dire ce qu'on veut.

— Ce ne sont pas exactement les mêmes, dit son papa, mais quand même un peu.

— Quoi par exemple ?

— S'inquiéter parce qu'on ne sait pas ce qu'il faut faire… Ne pas oser dire quelque chose… Avoir peur de ne pas être assez fort… Se demander si on n'a pas fait de peine à quelqu'un… Tu verras, ça dure toute la vie.

— Mais c'est triste alors ?

— Non, c'est la vie. L'important, c'est d'apprendre comment faire avec. Parce qu'on en aura toujours.

— Des fois, je n'ai pas de soucis, mais là si.

— C'est très bien, parce que tu vas apprendre comment faire avec, et ça te servira toute la vie.

— Alors, c'est bien d'avoir des soucis ?

Son papa sourit.

— Oui, si tu m'en parles quand tu en as trop. Ou à ta maman.

Et Petit Hector se demanda s'il ne pouvait pas demander à son papa de parler à sa maman des chaussures, parce que lui, il n'oserait pas.

Le soir, Petit Hector se sentit mieux. Son papa avait raison : parler de ses soucis, ça faisait du bien.

Surtout, il savait qu'il avait quelque chose d'important à écrire sur la première page de son carnet. Il écrivit son nom, et puis le jour, et puis l'année, et puis ensuite, en s'appliquant :

Les soucis, c'est bien pour s'entraîner à s'en faire plus tard.

Petit Hector et la triche

En plus de la vie avec ses parents, Petit Hector en avait au moins trois autres : deux vies à l'école, avec les maîtres et avec les copains, et puis la vie des vacances, où il rencontrait d'autres enfants accompagnés de leur papa et de leur maman. Et souvent, ça le faisait réfléchir pour savoir s'il avait les meilleurs parents du monde ou si d'autres étaient encore mieux. (En gros, il trouvait qu'il avait les meilleurs parents du monde, sauf qu'ils l'empêchaient souvent de regarder la télé. Après, ses camarades de classe parlaient d'émissions ou de films qu'il n'avait pas vus. Ça l'énervait.)

À l'école, Petit Hector avait un bon copain. C'était un peu comme avec ses parents : il sentait que Guillaume et lui s'aimeraient toujours. Ils adoraient se raconter des histoires ; c'était à celui qui inventerait la plus extraordinaire. En général, il était question de trésors, de dragons, de dinosaures ou alors de guerre où ils étaient ensemble. Ils tuaient tous les ennemis ou bien ils les faisaient prisonniers pour les tuer plus tard.

Un jour, il avait écrit une histoire comme ça sur un cahier. Son papa l'avait lue, il avait regardé Petit Hector et il lui avait dit : « Toi, tu es un vrai petit garçon. » Petit Hector n'avait pas bien compris ce qu'il entendait par là. Mais son papa avait ajouté :

— À la guerre, il ne faut jamais tuer les prisonniers.

— Pourquoi ?

— Parce qu'ils ne peuvent plus se défendre.

— Ah bon ?

— Tu t'en souviendras ?

— Oui, dit Petit Hector.

— Enfin, j'espère que tu n'en auras jamais l'occasion, soupira son papa.

Petit Hector avait déjà remarqué qu'il aimait bien jouer à la guerre, ou alors avec les jeux vidéo de guerre qu'avaient les grands frères de ses copains, mais les parents, eux, ils n'aimaient pas tellement la guerre.

Guillaume était bon en sport, surtout en foot, mais il s'ennuyait en classe et n'écoutait pas. Petit Hector n'écoutait pas beaucoup non plus, mais quand le maître disait : « Hector, qu'est-ce que je viens de dire ? », il arrivait toujours à s'en sortir (un don très utile qu'il devait tenir de son papa, qui arrivait à faire la même chose avec les gens qu'il aidait). Surtout, il pouvait questionner ses parents quand il n'avait pas compris quelque chose en classe. Ils étaient allés à l'école longtemps, et même s'ils ne se souvenaient pas de tout, ils arrivaient toujours à l'aider.

Les parents de Guillaume, Petit Hector l'avait compris, n'étaient pas allés beaucoup à l'école ou alors ils n'avaient pas écouté. Le papa de Guillaume était cuisinier dans un petit restaurant et sa maman allait faire le ménage dans les maisons où les autres dames ne faisaient pas le ménage car elles allaient au bureau.

Tous deux étaient assis l'un à côté de l'autre. Et souvent, quand le professeur leur donnait des exercices, Petit Hector réussissait, mais pas Guillaume.

Alors, Petit Hector s'arrangeait pour laisser voir son cahier, et Guillaume, en regardant de côté, pouvait copier les réponses. Parfois même, quand il ne comprenait pas, Petit Hector lui soufflait.

Un jour qu'ils étaient en train de faire ça, Petit Hector se rendit compte qu'il ne voyait plus le maître. Il sentit alors une main se poser sur son épaule en même temps qu'une autre attrapait celle de Guillaume. « Je vous y prends ! »

Ce qui se passa ensuite, on ne va pas vous le raconter parce que c'est toujours la même chose : le maître leur fit la leçon, et puis il écrivit un mot dans leur carnet, et Petit Hector se retrouva devant sa maman qui demandait des explications.

— C'est mon meilleur copain, disait-il. Je voulais l'aider.

— Oui, mais c'est l'aider à tricher.

— Non, c'est pour qu'il ait une bonne note.

— Petit Hector, il ne faut jamais tricher dans la vie.

— Même pour aider un copain ?

— Non. En plus, ça ne l'aide pas. Il n'a qu'à mieux travailler.

— Mais pourquoi il ne faut pas tricher ?

Sa maman réfléchit un peu.

— Parce que ce n'est pas juste. Si on triche, des élèves ont des bonnes notes alors qu'ils ne les méritent pas. Et c'est triste pour ceux qui ont vraiment travaillé et qui en ont de moins bonnes.

— Oui, mais les autres, je m'en fiche, c'est pas mes copains.

Sa maman réfléchit encore un peu.

— Suppose que tu ailles à la boulangerie. Là, il y a une file d'attente. Tu as faim et tu veux t'acheter un chausson aux pommes…

C'était un bon exemple, car Petit Hector adorait les chaussons aux pommes : il mangeait d'abord toute la compote en pressant dessus, puis la croûte.

— … et là, quelqu'un fait semblant de ne pas te voir et passe devant toi. Qu'est-ce que tu fais ?

— Je suis en colère ! Si j'étais grand, je le ferais tomber.

— Voilà ! Eh bien, quand quelqu'un triche, c'est comme ça, ça fait de la peine aux autres.

— Oui, mais là, personne ne savait que j'aidais Guillaume. Ça ne faisait de peine à personne.

Sa maman le regarda d'un drôle d'air.

— Je me demande…, dit-elle.

— Tu te demandes quoi ?

— Non, rien.

Sa maman réfléchit un peu, et puis elle dit :

— Tu aimes notre nouvelle voiture ?, demanda-t-elle.

— Ah oui, alors !

Ses parents avaient acheté une nouvelle voiture qui sentait encore le neuf. Elle avait plus de place à l'arrière que celle d'avant et aussi un petit écran sur le tableau de bord où on pouvait toujours voir où on allait.

— Eh bien, tu vois, si c'est une bonne voiture, c'est qu'on a pris les meilleurs élèves pour la faire. Si on avait choisi ceux qui ont eu de bonnes notes en trichant, elle tomberait en panne.

Ça fit réfléchir Petit Hector.

— Oui, mais là c'est juste pour que Guillaume ait une bonne note, ce n'est pas pour construire une voiture.

— Mais c'est le début de quelque chose de mal. Dans la vie, si tout le monde se mettait à tricher et à mentir, plus rien ne marcherait. Tu comprends ?

— Oui.

— Si on commence à se dire : « Là c'est spécial, je peux mentir », c'est le début de quelque chose de mal. Tu comprends, Petit Hector ?

— Oui.

— Et quand on le fait une fois, on se dit : « Pourquoi pas deux », et après, on le fait tout le temps. Et si tout le monde le fait, rien ne va plus, tu comprends ?

— Oui.

C'était vrai, il comprenait. Il comprenait que, pour sa maman, un peu de mal, c'était déjà beaucoup, et donc il ne fallait pas commencer, ni prendre l'habitude.

Plus tard, son papa vint le voir dans sa chambre avant qu'il ne s'endorme.

— Ta maman m'a raconté, dit-il.

— Elle m'a dit qu'il ne fallait jamais tricher.

— Hum, c'est bien vrai, dit son papa.

Petit Hector sentit que son papa n'était pas entièrement d'accord.

— Même pour aider un copain ?, demanda Petit Hector.

— Non, dit son papa. Même pour aider un copain. Ce n'est pas juste pour les autres. Et puis, on prend de mauvaises habitudes.

— Bon, dit Petit Hector.

Son papa commença à quitter la pièce, mais, juste au moment de refermer la porte derrière lui, il dit, tout doucement :

— Mais si on triche quand même pour un copain, l'important, c'est de ne pas se faire prendre.

Quand son papa fut parti, Petit Hector alluma la lampe et ouvrit son petit carnet. Il écrivit :

Dans la Vie, il ne faut jamais tricher.

Dans la Vie, il ne faut jamais tricher pour aider un copain, ou alors il ne faut pas se faire prendre.

Il ne faut pas tricher pour fabriquer une voiture ; autrement, elle tombera en panne.

Après, il s'endormit, très content. Il sentait qu'il apprenait la Vie.

Petit Hector et le Bon Côté des Choses

Le samedi suivant, la maman de Petit Hector l'emmena au zoo. Il était tout excité ; il y était déjà allé une fois quand il était tout petit, mais il ne s'en souvenait plus très bien.

Depuis, il avait vu pas mal de films sur les animaux à la télévision, surtout sur l'Afrique, avec les crocodiles qui attendaient que les gnous se rapprochent de l'eau pour les manger, les antilopes qui devaient faire sans arrêt attention à ne pas se faire attraper par les lionnes ou encore les buffles qui devaient veiller à ce que leurs petits ne soient pas dévorés par plein d'animaux différents. La vie en Afrique, ça avait l'air terrible. Il voulait voir si les animaux du zoo étaient bien pareils, même s'il savait que, là, les animaux ne pouvaient pas se manger les uns les autres.

Mais la journée ne commença pas si bien que ça, parce qu'il se mit à pleuvoir. Sa maman mit en marche les essuie-glaces. Quand ils arrivèrent au parking du zoo, il pleuvait beaucoup et les essuie-glaces de la voiture étaient à la vitesse maximum, ce que Petit Hector aimait bien en général, mais pas ce jour-là.

— On va rester un peu dans la voiture en attendant que ça se calme, dit la maman.

— Mais le zoo va fermer, on n'aura pas le temps de voir tous les animaux !

En plus, ils étaient arrivés tard, parce qu'en route, sa maman s'était arrêtée à la librairie pour prendre des livres qu'elle avait commandés.

— Mais non, dit-elle, on aura toujours assez de temps. Sinon, on reviendra.

— On n'a qu'à prendre le parapluie !

Mais pas de chance, le parapluie, il était resté à la maison.

— C'est Papa qui a oublié de le remettre dans la voiture !, dit Petit Hector, très énervé.

— Oui, ce n'est pas grave.

— Peut-être que ça pleut moins. On pourrait sortir maintenant ?

— Il pleut trop fort, on ne peut pas sortir.

— Le zoo va fermer !

— Mais non, pas encore, voyons.

— Je déteste la pluie, j'en ai marre, bougonna Petit Hector, qui commençait à pleurer.

Sa maman le regarda.

— Tu n'es pas content d'être avec ta maman ?

Petit Hector se souvint qu'il était toujours très content d'être avec sa maman, et tout à l'heure en partant, il l'était encore.

— Oui, bien sûr, Maman, mais le zoo…

— Oui, je sais, le zoo, mais regarde, à cause de la pluie, on reste bien tranquille dans la voiture, on est tous les deux, on peut se parler… Est-ce que ce n'est pas un bon moment quand même ?

Petit Hector comprit ce que sa maman voulait dire : si on ne pensait pas au zoo, c'était un bon moment avec sa maman.

— Oui, c'est vrai.

— Voilà, dit-elle, dans la vie, c'est très important : il faut toujours essayer de voir le Bon Côté des Choses. Comme maintenant. Tu te souviendras de ça ?

— Oui.

— Et d'ailleurs, c'est le métier de ton papa.

— Voir le Bon Côté des Choses ?

— Non, aider les gens à le voir. Certains ont beaucoup de mal.

Petit Hector se dit que le métier de son papa ne devait pas être facile. Ça expliquait pourquoi, le soir, il avait souvent l'air très fatigué.

— Alors, c'est Papa qui t'a appris à voir le Bon Côté des Choses ?

Sa maman rit un peu.

— Non, je savais déjà avant. Tu sais, on apprend un peu ça toute la vie.

— Comme moi, là j'apprends.

— Voilà, Petit Hector.

Heureusement, il cessa de pleuvoir, car il ne savait pas s'il aurait été capable de voir le Bon Côté des Choses encore longtemps. Ils purent sortir de la voiture et commencer à visiter le zoo. Comme il avait beaucoup plu, beaucoup de gens étaient partis ; du coup, il était facile de s'approcher des animaux.

— Tu vois, dit sa maman en souriant, la pluie a aussi ses bons côtés.

Petit Hector comprenait ce qu'elle voulait dire, mais il se disait que celui qui devait avoir du mal à voir le Bon Côté des Choses, c'était le lion qui était dans une petite cage et qui se râpait le poil contre les barreaux.

— Au moins, dit sa maman, il est nourri tous les jours et il ne risque pas d'être chassé ou de se faire tuer par un autre.

— Enfin, moi si je pouvais, je le remettrais en Afrique, ce lion.

— Tu crois qu'il pourrait encore chasser tout seul ?

À bien y regarder, c'était vrai que ce lion avait l'air vieux et pas très en forme. Mais c'était peut-être encore le Bon Côté des Choses, pour lui aussi.

— Tu crois que le lion, il peut voir le Bon Côté des Choses ?

— Oh non. Et celui-là, il est peut-être déjà né dans un zoo, alors il ne se souvient pas de la vie en Afrique.

Ils eurent le temps de voir presque tous les animaux, sauf les oiseaux dans les volières, parce que ça n'intéressait pas trop Petit Hector, et les singes, parce que c'était le début de l'hiver. Ils se trouvaient à l'intérieur et ça sentait vraiment trop mauvais.

Mais les éléphants, les crocodiles, plein de sortes d'antilopes, le rhinocéros, tous étaient exactement comme à la télé, sinon qu'ils ne bougeaient pas beaucoup. Les crocodiles, on aurait dit qu'ils étaient morts ou empaillés, étendus sans bouger avec leur gueule ouverte. On ne les voyait même pas respirer.

— Est-ce que ce sont des vrais ?, demanda Petit Hector.

— Oui, dit sa maman. Mais c'est vrai qu'ils ne bougent pas du tout. Je me demande aussi s'ils sont vraiment vivants.

À ce moment-là, un gardien arriva avec un seau. Il lança de gros morceaux de viande toute rouge aux crocodiles et là, clac ! clac !, ils les attrapèrent dans leur gueule avant même qu'ils ne touchent le sol. Ils avaient bougé si vite que même la maman de Petit Hector sursauta.

— C'est comme ça qu'ils font dans la jungle, expliqua Petit Hector. Ils ne bougent pas du tout, on ne les voit pas et, quand on passe tout près, clac ! clac !

— Bon, on va aller voir autre chose, dit sa maman.

Petit Hector sentit que les crocodiles, elle n'aimait pas trop.

— Remarque, eux, ils pourraient voir le Bon Côté des Choses : ils ne font rien du tout, et puis, clac ! clac !, le dîner arrive.

— Je ne sais pas si les crocodiles ont assez de cerveau pour penser à ça, remarqua sa maman.

Quand ils revinrent à la voiture, Petit Hector était très content et sa maman aussi. Mais nettement moins quand elle s'aperçut que, pendant qu'ils attendaient dans la voiture, il avait baissé la vitre pour voir s'il pleuvait moins, puis oublié de la remonter. Il avait plu dans la voiture, la banquette arrière était toute mouillée et les livres que sa maman avait achetés aussi. Ils étaient tout gondolés, comme les vieux livres de magie dans les films.

— Petit Hector !, gronda sa maman.

Elle avait l'air en colère. Du coup, elle ne parla pas tellement pendant le trajet de retour. Petit Hector était embêté, il n'aimait pas voir sa maman en colère ou avoir de la peine.

— Maman, je ne l'ai pas fait exprès !

— Je sais bien, mais tu n'as pas fait attention !

— Je ne le ferai plus.

— Bon, j'espère.

Après quelque temps de silence, Petit Hector lança :

— Le Bon Côté des Choses, c'est qu'on a quand même passé un bon après-midi.

Sa maman rit un peu, et puis elle dit que c'était vrai, mais que le Bon Côté de Choses, ça ne devait pas empêcher de faire attention.

Le soir, dans sa chambre, Petit Hector écrivit :

Dans la Vie, il faut toujours voir le Bon Côté des Choses.

Mais il faut faire attention à l'autre côté aussi.

Un lion ne peut pas voir le Bon Côté des Choses, parce qu'il a oublié l'autre.

Un crocodile ne comprend même pas qu'il y a des côtés.

Petit Hector et ses meilleurs copains

À l'école, Petit Hector avait un meilleur copain, Guillaume, on l'a déjà dit, mais d'autres très bons copains aussi.

Tout d'abord, il y avait Arthur, qui était encore meilleur élève que Petit Hector. Il ne parlait pas beaucoup, il était un peu timide, mais il aimait bien rigoler et se raconter des histoires avec Guillaume et Petit Hector. Le papa d'Arthur aidait les gens, comme celui de Petit Hector, mais lui, c'était juste pour écrire sur les feuilles appelées impôts. D'ailleurs, Arthur était très bon en calcul. Il avait lui aussi une très jolie maman qui venait parfois le chercher et, même si Hector trouvait qu'il avait la plus jolie maman du monde, celle d'Arthur lui semblait très très jolie quand même. Le papa d'Arthur était moins beau, il était un peu gros, il avait de grands sourcils et l'air toujours un peu en colère ; il ne souriait et ne parlait pas beaucoup. La maman d'Arthur, elle, aimait bien sourire et parler aux gens. Elle avait souvent de petites conversations avec la maman de Petit Hector quand elles venaient chercher leurs fils à l'école.

Un jour, c'était le papa de Petit Hector qui était venu l'attendre à la sortie, et Petit Hector l'avait vu en train de parler avec la maman d'Arthur. Elle souriait beaucoup à son papa, et lui, c'était bizarre, il avait l'air un peu gêné, mais très content.

Un autre meilleur copain de Petit Hector s'appelait Binh. Il s'appelait comme ça parce qu'il avait des yeux de Chinois, mais il n'était pas chinois. Ses parents venaient d'un petit pays au sud de la Chine. Un jour, Binh leur avait raconté l'histoire de sa famille. Il y avait bien longtemps, ses grands-parents et ses parents, qui étaient des enfants à l'époque, étaient assez malheureux dans leur pays ; alors, ils avaient décidé de le quitter, mais il ne fallait pas se faire prendre. Ils étaient partis de nuit sur de petits bateaux. À l'époque, ils ne se connaissaient pas, ils étaient dans des bateaux différents. Comme dans les histoires de pirates, ils étaient partis sur la mer avec pas assez à boire et à manger pour tout le monde et, en pleine mer, ils avaient rencontré de vrais pirates qui leur avaient tout volé. Ils avaient même emmené avec eux deux grandes sœurs du papa de Binh qu'on n'avait jamais revues ensuite.

Petit Hector trouvait cette partie de l'histoire effrayante. Il s'imaginait un jour enlevé par des pirates sans plus jamais revoir son papa et sa maman, qui ne sauraient pas où il était passé. Mais Binh n'avait pas l'air effrayé quand il racontait cette histoire ; au contraire, il semblait très calme. Il était comme ça, Binh, sauf dans la bagarre, parce que, là, il se mettait vite à taper très fort, et il ne s'arrêtait plus, même quand les autres disaient : « On arrête ! » et même s'il n'était pas bien grand. Alors, les autres s'arrangeaient pour ne pas se disputer avec lui. C'étaient les grands-parents de Binh qui venaient le chercher à la sortie de l'école, parce que ses parents étaient en voyage dans leur pays et ne reviendraient pas avant longtemps. Petit Hector trouvait quand même bizarre de ne jamais avoir vu les parents de Binh.

Le troisième meilleur copain s'appelait Orhan et ses parents venaient encore d'un autre pays. Orhan avait de gros sourcils, un peu comme le papa d'Arthur, mais lui n'était pas aussi bon en calcul ; il était surtout très fort en orthographe et en sciences naturelles. Son papa travaillait pour construire des maisons et sa maman s'occupait d'enfants plus petits dans la sorte d'école où on va avant l'école. Le papa d'Orhan avait une très grosse vieille voiture, un peu cabossée, avec des roues énormes comme un camion. Orhan expliquait qu'il s'en servait pour mettre ses outils quand il travaillait. Elle pouvait même rouler en dehors des routes. Et Petit Hector rêvait qu'un jour son papa achèterait une voiture comme ça, mais bien sûr toute neuve et moins cabossée.

— La journée a été bonne ?, demanda la maman de Petit Hector au dîner.

— Oui, pas mal.

— Qu'est-ce que tu as aimé le mieux ?

Petit Hector sentit qu'elle espérait peut-être qu'il réponde « le film que nous a montré le maître » ou « le cours de gym », mais il avoua quand même :

— On s'est raconté plein d'histoires avec les copains.

— Bravo, Petit Hector, dit son papa. Parler avec les copains, c'est le plus important à l'école.

— Vraiment ?, dit sa maman. Et les bonnes notes ?

— Ah oui, dit son papa, bien sûr ! Mais les amis aussi…

Il expliqua que, tous les jours, il voyait arriver à son bureau des gens qui n'avaient pas de copains ou de copines, ou alors pas assez, ou pas des vrais avec qui on peut vraiment parler quand on a de la peine.

— Les copains, c'est très important dans la vie, observa-t-il. Quand les gens n'ont pas de copains, ils n'ont personne à qui parler quand ils ont des ennuis ; alors, ils deviennent tristes ou ils se mettent en colère tout seuls. Tu comprends ?

— Oui.

— Et puis, sentir qu'on a des copains qui vous aiment, ça rend heureux. Tu comprends, Petit Hector ?

— Oui.

C'était vrai, quand Petit Hector voyait ses copains qui l'attendaient pour commencer à jouer, il se sentait heureux.

— Je suis bien content que tu aies tes bons copains, dit son papa.

— Moi aussi, dit sa maman.

— Alors, avoir des copains, c'est mieux que d'avoir des bonnes notes ?

Son papa et sa maman se regardèrent.

— Heu, non, dit son papa, pas vraiment. Avoir des bonnes notes, c'est important aussi.

— Oui, dit sa maman. Tu n'oublieras pas, Petit Hector ?

— Non, dit-il.

Petit Hector était très content. Souvent ses parents étaient contents quand il avait des bonnes notes mais, pour ça, il fallait qu'il se donne un peu de mal. Là, ils étaient contents, surtout son papa, parce qu'il avait des copains. Et pour ça, il n'avait pas besoin de se donner du mal !

Le soir, il écrivit dans son petit carnet :

Les copains, c'est aussi important que les bonnes notes.

Après, il eut l'impression de faire surtout plaisir à son papa en écrivant ça. Alors, il écrivit :

Les bonnes notes, c'est aussi important que les copains.

Et là, il s'endormit bien content, avec le sentiment d'avoir fait plaisir à son papa et à sa maman.

Petit Hector et le pardon

Comme on l'a déjà dit, Guillaume était moins bon élève que Petit Hector, mais il était meilleur en foot. Et un jour, ça donna à Petit Hector l'occasion d'apprendre la Vie.

Ils jouaient au foot à la récré. Ils n'avaient pas formé de vraies équipes ; ils étaient juste trois ou quatre de chaque côté, et ils avaient marqué les buts avec leurs manteaux qu'ils avaient posés par terre. Petit Hector était dans l'équipe de Guillaume, et bien sûr, c'est Guillaume qui marquait tous les buts. Petit Hector essayait de l'aider, mais deux fois de suite, il rata une très belle passe de Guillaume et même il tomba en voulant lancer un coup de pied très haut, comme les champions font à la télé.

Comme en face, ils étaient deux à jouer moins bien que Guillaume, mais pas mal quand même, ils finirent par gagner, malgré trois buts de Guillaume.

Après le match, un des vainqueurs se mit à jouer avec le ballon en imitant la façon dont Petit Hector avait lancé son coup de pied en l'air. Et tout le monde se mit à rigoler. Même Guillaume. Il se moquait de lui avec les autres !

Petit Hector se sentit très en colère et, en même temps, il eut envie de pleurer. Après, il ne parla plus à Guillaume de toute la journée.

Au dîner, sa maman demanda :

— Qu'est-ce qu'il y a, Petit Hector ?

— Rien.

— Mais tu ne dis rien.

— J'ai rien à dire.

— Ah ça, ça m'étonne vraiment, dit son papa. D'habitude, tu as toujours quelque chose à dire.

Petit Hector ne dit encore rien. S'il parlait de Guillaume, il allait se mettre à pleurer.

— Tu sais que tu peux nous dire si tu as des soucis, dit sa maman.

— Oui.

Le dîner continua, et son papa raconta l'histoire d'un de ses collègues qui buvait tellement de vin au déjeuner que, souvent, il s'endormait pendant que les gens qui venaient le voir lui parlaient. Certains étaient venus le lui raconter.

— Mais c'est affreux, dit la maman de Petit Hector.

— Oui, dit Hector.

— Comment ça se fait qu'il puisse encore travailler ?

— Ses patients l'aiment bien, personne ne se plaint… pour l'instant.

— Et vous, ses collègues, pourquoi vous ne le dénoncez pas au conseil de l'Ordre ? C'est quand même un risque pour ses malades !

— Dénoncer un collègue…, dit son papa.

— Si un collègue fait quelque chose de mal, vous ne le dénoncez pas ?, demanda Petit Hector.

— On va voir, dit son papa. On va d'abord essayer de lui expliquer qu'il faut qu'il se soigne.

— Mais qui va le soigner, puisque c'est un docteur ?, demanda Petit Hector.

— Un autre docteur, dit son papa.

— Toi peut-être, dit sa maman.

— On verra, dit son papa. On va en parler avec les autres.

Petit Hector trouva ça intéressant. À l'école, quand quelqu'un avait fait une grosse bêtise, le maître ou le directeur demandait souvent qu'on dénonce le responsable, mais il voyait bien que, dans la Vie, son papa et les autres docteurs ne dénonçaient pas leur collègue qui buvait trop, en tout cas pas tout de suite.

Plus tard, son papa alla faire un petit tour dans le jardin et Petit Hector l'accompagna.

— Alors, qu'est-ce qui te tracasse ?

Petit Hector se sentait mieux. L'histoire du docteur qui buvait trop ça l'avait drôlement intéressé. Il se dit qu'il arriverait à parler sans pleurer.

Alors, il raconta l'histoire du foot et de Guillaume qui se moquait de lui avec les autres.

— Ce sera plus jamais mon copain, dit-il, plus jamais.

— Mais non, Petit Hector, il faut lui pardonner. Il a eu un mauvais réflexe.

Et il lui expliqua que quand on est énervé – et Guillaume, forcément, il était énervé d'avoir perdu la partie –, tout le monde, même un papa ou une maman peut avoir un mauvais réflexe.

— Un peu comme quand toi, tu loupes ta passe, il y a des moments où on loupe la bonne réponse. Ça peut arriver à tout le monde, même aux amis.

— Je lui parlerai plus jamais, dit Petit Hector.

— Mais non, tu te punirais aussi. Il vaut mieux lui pardonner. Tu sais ce que c'est que de pardonner ?

— Oui, dit Petit Hector, qui était allé au catéchisme. Le pardon, c'est dire qu'on n'en veut plus à quelqu'un qui vous a fait de la peine et qu'on n'a plus envie de le punir.

C'était vrai, Jésus était mort pour que son Père nous pardonne nos péchés. Encore que Petit Hector n'avait pas vraiment compris pourquoi il s'était laissé prendre au lieu de laisser saint Pierre continuer de tailler les oreilles des légionnaires à coups d'épée.

— Voilà. Si tu lui pardonnes, vous redevenez copains comme avant.

— Non, pas comme avant !

— Pourquoi ?

— Parce que, même si je lui pardonne, je n'oublierai pas qu'il a rigolé avec les autres.

— D'accord, mais ce n'est pas la peine d'y penser tout le temps. Et pour ça, il faut que tu ailles lui dire qu'il t'a fait de la peine.

— Pourquoi ?

— Autrement, il ne le saura pas. Et là, tu verras si c'est un vrai copain.

— Comment ?

— Si ça lui fait de la peine, s'il est embêté.

Le lendemain, Petit Hector avait le cœur qui battait très fort en revoyant Guillaume. Mais il fit comme son papa avait dit.

Guillaume eut l'air très embêté.

— J'ai pas vraiment rigolé, il dit.

Ce n'était pas vrai, mais Petit Hector comprit que si Guillaume disait ça, c'était qu'il était embêté, et cela lui fit plaisir.

— Tu es plus fort en foot que moi, dit Petit Hector, mais ce n'est pas une raison pour te payer ma tronche.

— Non, dit Guillaume. Mais on avait perdu et…

— Bon, ça va, ça va, dit Petit Hector. Tu es toujours mon meilleur copain.

— Toi aussi, dit Guillaume.

Le soir, à table, son papa évoqua le collègue qui buvait trop. Il était allé lui parler avec un autre collègue. Il avait accepté d'aller dans un hôpital où vont les gens qui veulent arrêter de boire.

— Bravo, dit la maman de Petit Hector.

— En espérant que ça marche, dit son papa.

— Ça marche pas toujours ?, demanda Petit Hector.

— Pas toujours du premier coup.

Le soir, Petit Hector sentit qu'il fallait écrire des choses intéressantes dans son carnet.

Tout le monde peut avoir un mauvais réflexe, même un copain.

Alors, il faut aller leur parler. S'ils ont l'air embêtés, ça peut être quand même des copains.

Dans la Vie, ça ne marche pas toujours du premier coup.

Petit Hector et ses copains et les filles et Amandine

Sinon, Hector avait aussi d'autres copains un peu moins copains, et puis bien sûr, il y avait les filles. Mais les filles, c'est un sujet trop compliqué pour qu'on en parle en une seule fois.

Les filles, ce n'était pas vraiment intéressant. On ne pouvait pas jouer avec elles, car elles disaient tout de suite que les garçons leur faisaient mal. Elles restaient entre elles à se raconter des histoires, mais pas de guerres, d'aliens ou de dinosaures, donc pas vraiment intéressantes. Et puis, elles avaient tendance à rire et à se moquer assez facilement. Et puis, si on osait quand même aller leur parler et qu'elles ne se moquaient pas, c'est les autres garçons qui risquaient de se moquer.

Mais bon, Petit Hector avait quand même des filles à qui il parlait, souvent parce qu'elles étaient les sœurs d'autres garçons qu'il connaissait. Donc, c'était naturel de leur parler, sans risquer de se faire moquer par les autres. De toute façon, ça ne l'intéressait pas vraiment de leur parler.

En fait, il y avait une seule fille à laquelle Petit Hector s'intéressait. Elle s'appelait Amandine. Et justement, il ne lui avait jamais parlé, il n'osait pas.

Amandine avait des cheveux châtains, des yeux bleus, et elle avait toujours l'air de regarder autour d'elle comme si elle venait d'une autre planète. Elle n'était pas dans la même classe que Petit Hector. Donc, il n'avait aucune raison pas ridicule d'aller lui parler, surtout qu'elle n'était la sœur d'aucun copain. Et elle, elle restait toujours avec les filles.

Petit Hector rêvait souvent qu'un jour, il irait lui parler, mais jour après jour il n'osait pas. Alors il essayait de se dire que ça ne valait pas la peine et qu'Amandine était sûrement idiote, mais ça ne marchait pas vraiment.

Ses copains n'étaient pas meilleurs que lui avec les filles. Sauf Arthur peut-être, qui aimait les maths. Il avait deux ou trois copines avec lesquelles il échangeait des sudokus ou des petits problèmes, mais finalement ça, c'était un peu jouer comme les filles.

Orhan avait essayé de leur parler mais, dans l'ensemble, il ne s'était pas bien fait recevoir. Depuis, il faisait comme si ça ne l'intéressait pas du tout.

Binh, lui, avait vraiment l'air de ne pas s'y intéresser, mais Hector avait remarqué que quand une fille d'une classe de plus passait par là, il la regardait. Elle s'appelait Ngoc et elle avait des yeux comme lui.

Le meilleur avec les filles, c'était sans doute Guillaume. Hector avait d'abord pensé que c'était parce qu'il était bon en foot, mais les filles s'en fichaient. Donc, ce n'était pas seulement ça. Il avait une certaine manière de leur parler. Il se moquait toujours un peu d'elles, mais sans jamais être méchant. Alors, elles l'aimaient bien, et Petit Hector avait même remarqué qu'il y en avait quelques-unes qui le regardaient comme lui regardait Amandine.

Heureusement, Guillaume ne regardait pas Amandine, car Petit Hector se disait que peut-être elle l'aurait préféré à un gars qui n'osait pas aller lui parler.

Bref, l'histoire avec Amandine, ça commençait à l'occuper beaucoup.

Le soir dans son lit, avant de dormir, il rêvait qu'Amandine était poursuivie par un horrible alien et qu'il arrivait. Il la protégeait et tuait le monstre à coups d'épée. Mais il était blessé, il perdait son sang. Amandine se penchait sur lui, elle le prenait dans ses bras, et là il ne savait pas très bien ce qui se passait et il s'asseyait brusquement dans son lit en disant : « Mon Dieu ! »

Ou alors, il rêvait qu'il la sauvait de la noyade un jour qu'elle était allée nager trop loin. Après, il sortait de l'eau en la tenant dans ses bras et il se penchait vers elle. Il la voyait de tellement près que là aussi il s'asseyait dans son lit en disant : « Mon Dieu ! »

Un soir, il essayait de faire ses devoirs, mais n'y arrivait pas. Son papa était assis en face de lui sur le canapé du salon, en train de lire un livre, mais c'était bizarre, il avait l'impression que lui non plus n'arrivait pas à penser à ce qu'il lisait.

Finalement, le père et le fils se regardèrent.

— À quoi tu penses ?, demanda son papa.

— À Amandine, dit Petit Hector.

En même temps il se dit : « Zut ! » Il ne voulait pas parler d'elle à ses parents. Mais il était trop tard.

Son papa lui en demanda plus sur Amandine, et Petit Hector lui raconta tout, ses cheveux châtains, ses yeux bleus et sa manière de regarder autour d'elle comme si elle venait d'une autre planète.

— Et tu ne lui as jamais parlé ?, demanda son papa.

— Non, dit Petit Hector.

Et il se sentit un peu honteux.

— Écoute, si tu as vraiment envie de lui parler, vas-y.

Petit Hector y avait déjà pensé, bien sûr.

— Oui, mais qu'est-ce que je vais lui dire ?

— Exactement ce que tu penses. Que ça fait longtemps que tu as envie de lui parler. Que tu la trouves jolie. Que tu voudrais en savoir plus sur elle. Que tu t'appelles Hector.

— Oh, là, là. Elle va se moquer de moi.

— Peut-être, mais peut-être pas.

— Et si elle se moque de moi ?

— Tu lui dis que tu ne la trouves pas gentille et tu t'en vas tout de suite.

— Oh, là, là.

Son papa réfléchit un peu.

— Si tu allais à la guerre, tu aurais peur d'être blessé ?

— Oui, mais j'irais quand même.

— Eh bien, là, c'est pareil. Même si elle se moque de toi, c'est toujours mieux que de ne pas oser lui parler.

— Guillaume, lui, il ose toujours parler aux filles.

— Et elles se moquent de lui ?

— Elles essaient un peu, mais il s'en moque.

— Voilà, dit son papa. Avec les filles, il faut être gentil, mais en même temps, il faut avoir l'air de se moquer qu'elles se moquent de vous ou non.

Plus tard, dans son lit, Petit Hector réfléchit très fort à ce que lui avait dit son papa. Il prit son petit carnet et il essaya de noter.

Avec les filles, il faut être gentil, mais toujours dire ce qu'on veut.

Oui, d'accord, mais qu'est-ce qu'on veut leur dire ? Dans ses rêves avec Amandine, il ne lui disait rien. Il la sauvait, c'était tout. Et quand il l'avait sauvée et qu'ils auraient pu se parler, c'est là qu'il n'arrivait plus à penser et qu'il disait : « Mon Dieu ! »

Avec les filles, il faut se moquer qu'elles se moquent de vous.

Et là, pour voir s'il arrivait à s'en moquer, il essaya d'imaginer Amandine en train de se moquer de lui. Et il se dressa sur son lit en disant : « Mon Dieu ! »

Petit Hector et le mérite et la liberté

Petit Hector avait souvent de bonnes notes à peu près partout, mais surtout en rédaction et en sciences naturelles, un peu comme Orhan, mais toujours meilleures quand même. En calcul, en revanche, Arthur le battait presque toujours. Binh, lui, était moyen à peu près partout, mais presque aussi bon qu'Arthur en calcul.

Dans la classe, il y avait les Bons, les Moyens et puis bien sûr les Mauvais.

Le maître ne parlait pas très gentiment aux Mauvais. Dans la cour de récré, Petit Hector avait remarqué que les Mauvais étaient souvent copains entre eux, sauf Guillaume qui était copain avec certains des Bons, mais c'est vrai qu'il était bon en foot. Les Bons et certains Moyens se moquaient des Mauvais, surtout quand ils n'avaient pas beaucoup de copains.

Deux très Mauvais en particulier : Eugène et Victor.

Eugène était un petit gros. Et déjà, on se moquait de lui en l'appelant Bouboule. Il n'avait jamais l'air d'écouter en classe et il avait toujours des mauvaises notes. En plus, sa maman n'était pas la plus jolie maman du monde, loin de là : elle aurait pu elle aussi s'appeler Bouboule. Heureusement pour lui, Eugène avait un autre copain qui faisait partie des Très Mauvais : Victor. Lui, il était grand et costaud, et c'était normal puisqu'il avait deux ans de plus que la plupart des élèves de la classe. Du coup, on ne se moquait pas trop de lui, en tout cas jamais en face. Lui avait toujours l'air de se moquer d'avoir des mauvaises notes, même quand le maître lui disait : « Victor, vous allez à la catastrophe. » Petit Hector se disait qu'il devait vraiment être idiot pour se moquer de ce que disait le maître. Ce n'était pas ses parents qui venaient chercher Guillaume, mais son grand frère, et personne n'aurait eu envie de se moquer de lui, car non seulement il était très grand et très costaud, mais il avait l'air pas très gentil. Mais il devait bien gagner sa vie quand même car il avait toujours une grosse chaîne en or autour du cou.

Un jour, Petit Hector eut de très bonnes notes et revint tout content à la maison.

Le soir, il dit à sa maman : « Je suis le meilleur, j'ai eu des bonnes notes en tout. »

— Bravo, je suis bien contente de toi.

— Et même meilleures qu'Orhan en rédaction et aussi bonnes qu'Arthur en calcul.

— Orhan, c'est celui dont le papa a une grosse camionnette ?

— Oui !

— Eh bien, il a du mérite, ce garçon.

— Et moi ?

— Oh oui, toi aussi, dit sa maman.

Mais elle avait l'air de penser autre chose.

Petit Hector n'était pas très content. Il sentait que sa maman trouvait qu'Orhan avait plus de mérite que lui et en plus il ne savait pas ce que ça voulait dire.

— Pourquoi tu trouves qu'il a le mérite plus que moi ?, demanda-t-il.

— « *Du* mérite », Petit Hector… mais je ne voulais pas te faire de peine.

Sa maman lui expliqua. Les parents d'Orhan venaient d'un autre pays où ils étaient allés à l'école. À la maison, ils parlaient encore la langue de ce pays. Et d'ailleurs, quand ils parlaient la langue de Petit Hector et ses parents, ils avaient encore un drôle d'accent, comme il l'avait remarqué à la sortie de l'école.

— Toi, tu nous entends toujours bien parler à la maison, depuis que tu es tout petit. C'est moins difficile pour toi de bien parler ou de bien écrire tes rédactions. Pas pour Orhan. C'est pour ça que je dis qu'il a du mérite d'avoir de bonnes notes en rédaction.

Petit Hector comprenait.

— Il a du mérite, mais j'ai quand même de meilleures notes !

— Oui, bien sûr, dit sa maman.

Le soir à table, son papa lui demanda comment étaient ses notes et Petit Hector à nouveau raconta qu'il avait eu de très bonnes notes :

— Mais maman dit qu'Orhan, il a du mérite.

— Ah ? Tu lui as parlé du mérite ?, demanda son papa à sa maman.

— Oui, dit sa maman.

— Et si Orhan avait de moins bonnes notes, il aurait quand même du mérite ?, demanda son papa.

Petit Hector adorait quand son papa lui posait des questions, car il sentait que c'était toujours pour lui apprendre la vie.

— Ça voudrait dire qu'il travaille moins.

— Ou alors, demanda son papa, si tu t'entraînais beaucoup, est-ce que tu deviendrais meilleur en foot que Guillaume ?

— Non, dit Petit Hector.

Il y avait souvent pensé, mais il sentait bien que non. Il avait admis qu'il ne serait jamais très bon en foot, mais ça tombait rudement bien parce qu'il n'avait pas envie de devenir footballeur.

— Si Orhan avait de moins bonnes notes, même s'il travaillait, alors ça voudrait dire que, pour la rédaction, il est pas très doué.

— Très bien, Petit Hector. Mais il a des bonnes notes ?

— Oui, dit Petit Hector.

— Donc, si Orhan a de bonnes notes, c'est parce qu'il travaille bien ou parce qu'il est doué ou peut-être un peu les deux.

— Oui.

— Hector !, dit sa maman à son papa.

— S'il travaille bien, qui lui a appris à travailler ?, demanda son papa.

— Heu, ses parents ?

Petit Hector se souvint qu'Orhan disait que son père travaillait tout le temps et qu'en plus il lui disait toujours : « Orhan, ne te repose jamais avant de travailler, seulement après. »

— Oui, ses parents lui ont appris à travailler. Ou alors, s'il est doué, comme Guillaume en football, d'où ça vient ?

— Heu, il est né comme ça.

— Chéri, je crois que tu devrais arrêter, dit sa maman à son papa.

— Et s'il est né comme ça, d'où ça vient ?

— Heu, de ses parents.

— Voilà, dit le papa de Petit Hector. S'il a appris à travailler, ça vient de ses parents ; s'il est doué, cela vient aussi de ses parents. Donc, ça ne vient pas de lui.

— Arrête, je sais ce que tu vas dire, dit sa maman à son papa.

Petit Hector commençait à comprendre ce que son papa voulait dire : quand vous êtes encore petit, tout vient de vos parents.

— Alors, Orhan, il a pas du mérite !

— « Il n'a pas *de* mérite », Petit Hector, s'il te plaît… Mais si tu veux, dit son papa. Et toi non plus, d'ailleurs.

— Hector !, dit sa maman.

— Donc, les Bons, ils n'ont pas de mérite ?, demanda Petit Hector.

— Non, dit son papa. Et les Mauvais ?

— Heu… Non. C'est pas leur faute non plus, alors ?

— Voilà, dit son papa. Bon ou mauvais, ce n'est de la faute de personne.

— Hector ! Ça suffit !, dit sa maman.

Et le repas se termina en parlant d'autre chose. Petit Hector sentit que sa maman était un peu en colère contre son papa. Plus tard, ils étaient tous dans la cuisine. Sa maman se servait un dernier verre de vin pendant que son papa rangeait les assiettes dans le lave-vaisselle. Et elle dit à son papa :

— Comme ça, tu veux apprendre à notre fils qu'il n'y a pas de mérite dans la vie ? Tu veux en faire un irresponsable ?

— Non, simplement lui apprendre à ne pas juger les gens.

— Tu vois tout à travers ton métier, dit sa maman en se resservant un autre verre.

— Peut-être, ma chérie. Mais tu sais, éducation ou génétique, c'est toujours la faute des parents.

— Alors, tu nies la valeur de l'effort ?, dit sa maman.

— Non, bien sûr. Au contraire. Mais là encore, la capacité à faire des efforts, d'où vient-elle ?

— Tu ne crois pas à la liberté, tu ne crois pas au libre arbitre ?

— C'est vrai, je n'y crois pas tellement, dit son papa.

— Pour toi, on n'est pas libre de faire le Bien ou le Mal ?, demanda sa maman.

Petit Hector sentait que le Bien et le Mal, c'était un sujet très important pour sa maman.

— J'ai tendance à croire que non. Ou alors si nous avons une part de liberté, je ne crois pas qu'elle soit bien grande.

Sa maman eut l'air de réfléchir un peu, et puis elle dit :

— Si je te comprends bien, finalement, puisque ce n'est pas de leur faute s'ils sont comme ça, on ne devrait pas punir les criminels !

— Mais si, une société ne peut pas fonctionner si on ne punit pas les mauvais comportements et ne récompense pas les bons. Il faut absolument encourager les actions qui font le bonheur du plus grand nombre.

— Tu juges la valeur d'un acte d'après ses conséquences. Tu es un incorrigible utilitariste !, dit sa maman.

Et elle finit son verre.

— Et toi, tu crois au bien, tu crois au libre arbitre, tu es kantienne !, dit son papa en prenant un verre et en le levant, comme s'il buvait à sa santé.

— C'est pas nouveau, dit sa maman.

— Qu'est-ce que c'est « les conséquences » ?, demanda Petit Hector en profitant pour se servir aussi un verre de jus d'orange.

Son papa et sa maman le regardèrent.

— Quand tu fais quelque chose, tout ce qui arrive après à cause de ça, dit sa maman. Par exemple, si tu joues à un jeu vidéo au lieu d'apprendre ta leçon, tu auras une mauvaise note, tu comprends ?

— Oui.

C'est vrai que c'était difficile, car le jeu vidéo c'était presque toujours bien plus amusant que la leçon.

— Il faut toujours penser aux conséquences avant de faire quelque chose. Tu te souviendras, Petit Hector ?

— Ne pas « passer à l'acte » ?, demanda sa maman.

— Oui, dit son papa en rigolant, exactement. C'est ce que je raconte toute la journée.

Et son papa expliqua qu'il aidait les gens qui venaient le voir à penser aux conséquences de leurs envies, par exemple de divorcer.

Petit Hector sentait que c'était encore une grande leçon pour la Vie.

Pendant ce temps, son papa avait pris la main de sa maman, qui s'était laissé faire.

Petit Hector était content, il avait bien senti que cette dispute n'était pas une Vraie Dispute. Ses parents faisaient semblant et s'amusaient un peu.

Il avait entendu une fois une Vraie Dispute, et ça lui avait fait tellement peur que même maintenant il n'osait pas y penser.

— Bon, Petit Hector, on a assez bu. Je crois qu'il est l'heure d'aller se coucher, dit son papa.

— Qu'est-ce que ça veut dire nutilitariste ?, demanda Petit Hector.

— Ça veut dire qu'on pense qu'une action est bonne ou mauvaise en fonction de ses conséquences.

— Et kantienne ?

Ses parents se regardèrent. Cette fois, c'est sa maman qui expliqua.

— Ça veut dire qu'avant de faire quelque chose, il faut se demander : et si tout le monde faisait la même chose ? C'est là qu'on voit si c'est bien ou mal. Tu te souviens de ce qu'on a dit pour la triche ?

— Oui, dit Petit Hector.

Il se rappelait aussi ce qu'avait dit son papa, mais ce n'était pas le moment de le dire : *quand on parle, il ne faut pas oublier à qui l'on parle.*

— Et qui dit ce qui est bien ou mal ?, demanda Petit Hector.

— C'est tout le problème, dit son papa... Mais pour toi, ce qui est bien, c'est ce que nous te disons qui est bien.

— Et quand vous ne dites pas la même chose ?, dit Petit Hector.

Son papa et sa maman se regardèrent. Et soudain, ils se mirent à rire, mais Petit Hector sentit qu'ils ne se moquaient pas de lui, ils avaient juste l'air heureux.

— Bon, dit son papa, maintenant, tu vois, ce qui serait bien, et ta maman est d'accord aussi, ce serait que tu ailles te coucher. D'accord ?

— D'accord, dit Petit Hector.

Mais dans son lit, il se mit à penser et il se sentit excité.

Il se disait que son papa avait raison sur le mérite. Par exemple, si Bouboule était gros, ça venait de sa maman : soit il était né comme elle, soit elle lui avait appris à mal manger, et pas des légumes comme sa maman à lui. Si Binh avait les yeux bridés... Si Arthur était bon en calcul, ou bien il était né comme ça ou bien son papa et sa maman... Si Guillaume était bon en foot, c'était encore plus vrai ! Petit Hector se souvenait qu'un jour, il était passé chez Guillaume. C'était un tout petit appartement qui sentait la cuisine et qui aurait pu tenir dans leur salon à eux. Il avait vu au mur une photo du père de Guillaume quand il était tout jeune avec d'autres footballeurs de son équipe !

Il prit son petit carnet et nota. Il commença par le plus difficile, car il avait peur de ne pas bien se souvenir après.

Dans la Vie, avant de faire quelque chose, il faut penser à tout ce qui va arriver après ; ça s'appelle les conséquences et c'est très important, surtout si on est un nutilitariste.

Une kantienne, elle pense à si tout le monde faisait la même chose.

Et puis, il revint au mérite, parce qu'il trouvait ça très important.

On est comme on est à cause de ses parents ; alors, c'est la faute de personne.

Et Orhan, il a pas de mérite à avoir du mérite.

Mais quand, lui, il avait une mauvaise note, c'était la faute de qui ? Ça devenait vraiment trop difficile de réfléchir. Alors, il s'endormit.

Petit Hector veut faire le bien

À la récré, Victor, celui qui était plus grand que tout le monde (il n'avait pas de mérite, puisqu'il avait deux ans de plus), et Eugène, le gros (ce n'était pas de sa faute, sa maman était grosse), étaient souvent ensemble.

Ce jour-là, Victor était absent. Il avait été renvoyé une journée pour avoir mal répondu à un surveillant. Personne ne savait ce qu'il avait répondu, mais ça n'avait pas dû être joli joli. Du coup, Eugène se sentait un peu seul et il essaya de venir jouer avec la bande de Petit Hector et de ses meilleurs copains. Mais très vite, ils commencèrent à se moquer de lui.

— Tiens, v'là Bouboule !

— Il va nous manger notre goûter !

— Il a des joues comme mes fesses !

Celle-là fit rire tout le monde. Sauf Petit Hector, qui avait réfléchi depuis la conversation avec son papa. Il avait compris que Bouboule, pardon Eugène, ça n'était pas sa faute s'il était gros. Soit il était né comme ça, soit sa maman ne lui avait pas appris à bien manger. Quand on la voyait, on se disait que de toute façon elle ne devait pas savoir non plus elle-même. Alors, comment elle aurait pu lui apprendre ?

Eugène essayait de faire comme si ça l'amusait qu'on se moque de lui, mais Petit Hector voyait bien qu'il avait de la peine. Il n'avait jamais aimé Bouboule, pardon Eugène. D'abord parce que c'était un Très Mauvais, parce qu'il n'avait pas d'histoires intéressantes à raconter et qu'il était toujours avec Victor, qui faisait un peu peur à tout le monde. Mais Petit Hector n'aimait pas voir souffrir les bêtes, comme on dit à la campagne. Il tenait peut-être ça de son papa ou de sa maman, il n'avait pas de mérite non plus.

Plus tard, quand Eugène s'en alla jouer ailleurs, Petit Hector dit à ses copains et aux autres moins copains :

— Ce n'est pas bien de se moquer d'Eugène parce qu'il est gros.

— Mais c'est pas notre faute s'il est gros !, dit Guillaume.

— Énorme, dit Orhan.

— Super-énorme, dit Arthur

— Super-super-gros-énorme, dit Binh.

— Le gros des gros, ajouta encore un autre qui jouait avec eux.

Tout le monde éclata de rire, sauf Petit Hector bien sûr. Il essaya de leur faire comprendre.

— Ce n'est pas de sa faute, s'il est gros !

— Si, il mange trop !

Et tout le monde se mit encore à rigoler.

— D'accord, dit Petit Hector, mais s'il mange trop, c'est la faute de sa maman, pas la sienne.

— De sa maman ?

— Ben oui, t'as vu sa maman ?

— La grosse des grosses…

Et les voilà repartis avec « super-énorme », « super-super-gros-énorme », et Petit Hector de commencer à s'énerver.

— Arrêtez !

Ils étaient surpris. Petit Hector ne s'énervait presque jamais.

— Si Bouboule, non, Eugène, est gros, c'est qu'il est né comme ça. Ça vient de sa maman, qui est pareille. Ou alors elle ne lui a pas appris à manger. Ce n'est pas sa faute. Donc, ce n'est pas bien de se moquer de lui pour ça.

— Mais on se moque aussi parce qu'il est nul, il a rien à dire, il est toujours avec Victor.

— Oui, d'accord, mais s'il est gros ce n'est pas sa faute !

Comme ils sentaient que Petit Hector était énervé, ses copains s'arrêtèrent. D'autres voulurent continuer à se moquer un peu de Bouboule et de Petit Hector qui le défendait, mais comme ils voyaient bien qu'Orhan, Binh, Guillaume et Arthur ne suivaient plus, ils s'arrêtèrent.

Petit Hector était assez content de lui, il avait l'impression qu'il avait bien compris ce que lui avait dit son papa et qu'il avait bien expliqué.

Le lendemain, il fut moins content quand il vit Eugène et le grand Victor arriver vers lui. Bouboule, non, Eugène, avait l'air en colère.

— Il paraît que tu te moques de ma mère ?

— Mais non, c'est pas vrai…

Petit Hector n'eut pas le temps d'en dire plus parce que Victor lui balança une baffe qui l'envoya par terre. Et il allait se relever lorsqu'il lui tomba en plus dessus. À ce moment-là, il entendit la voix du surveillant qui disait : « Qu'est-ce qui se passe ? » Et Victor s'arrêta.

— Qu'est-ce que c'est que ce chahut ?, dit le surveillant en s'approchant.

— Je suis tombé, dit Petit Hector.

Son papa lui avait dit que c'était mal de rapporter.

Orhan et Binh avaient vu ce qui s'était passé et venaient à son secours, mais la fin de la récréation sonna et tout le monde se retrouva en classe.

Petit Hector avait encore mal à la joue à cause de la baffe de Victor, mais il fit attention à ne pas pleurer. Cependant, il commença à se faire un peu de souci à cause de Victor.

Le soir, au dîner, il ne raconta rien. Mais à un moment, il demanda :

— Au fond, à quoi ça sert d'être gentil avec les autres ?

— À quoi ça sert ?, demanda sa maman.

— Oui, pourquoi c'est pas mieux d'être méchant ?

Son papa et sa maman se regardèrent.

— Quand on est gentil, les autres le sont aussi, dit sa maman.

— Ce n'est pas toujours vrai, dit son papa… Et puis excuse-moi, je trouve cette conclusion très utilitariste, dit-il en souriant.

— D'accord, dit sa maman. Petit Hector, il faut être gentil parce que c'est faire le bien. D'ailleurs, dans toutes les religions on dit qu'il faut être gentil avec les autres. Tu te souviens de ce que tu as appris au catéchisme ?

Petit Hector se souvint d'un seul coup ! Jésus avait même dit que si l'on vous donnait une gifle, il fallait tendre l'autre joue !

— C'est vrai que quand on reçoit une gifle, il faut tendre l'autre joue ?, demanda Petit Hector.

— Heu, dit sa maman, c'est vrai que Jésus l'a dit.

— Clara !, dit son papa.

— Mais tout le monde ne peut pas être comme Jésus, c'est trop difficile, dit sa maman.

— On t'a donné une gifle ?, demanda son papa.

— Non, non, dit Petit Hector, je demandais ça juste pour savoir.

Il se disait que s'il parlait de l'affaire Bouboule-Victor, ça allait faire toute une histoire, rendez-vous avec le maître, le surveillant, la psychologue, mais ce serait quand même lui après qui se retrouverait dans la cour de récré avec Victor.

— Si quelqu'un te donne une gifle, dit sa maman, il faut que tu nous le dises. C'est promis ?

Petit Hector voyait bien que sa maman se faisait du souci. Si elle avait vu Victor lui donner une gifle, elle lui en aurait flanqué une sacrée paire. Sa maman croyait en Jésus, qui disait qu'il fallait tendre l'autre joue, mais il était sûr qu'elle aurait tapé n'importe qui pour le défendre. Il sentit une fois de plus à quel point elle l'aimait.

— Si on te fait du mal, tu nous en parleras, c'est promis ?, dit son papa.

— Oui, c'est promis.

Il avait promis, mais il n'avait pas promis quand ; donc, aujourd'hui, il pouvait encore ne pas le dire.

Le soir dans son petit carnet, il écrivit :

Même quand on essaie d'être gentil, ça n'empêche pas toujours les autres d'être méchants.

Être gentil avec les autres, c'est bien dans les religions.

Si on est gentil pour que les autres soient gentils, c'est être un nutilitariste.

Être gentil comme Jésus, c'est très difficile.

Petit Hector et le maître et la Table ronde

Petit Hector se disait souvent qu'il avait deux vies à l'école : la vie avec les copains, que son papa trouvait si importante, et la vie en classe, que sa maman trouvait si importante. Là au moins, il ne risquait rien de la part de Victor.

Cette année, il avait un maître au lieu d'une maîtresse, comme l'année d'avant. Il aimait beaucoup sa maîtresse. Elle avait des yeux marron clair un peu comme sa maman et elle ne se mettait jamais en colère ; elle avait une voix douce et, malgré ça, tout le monde se tenait tranquille en classe. Mais bon, Petit Hector avait changé d'année, c'était la Vie, comme disait son papa, et maintenant il avait un maître.

Il était assez jeune, à peu près comme son papa et sa maman, mais il avait déjà des cheveux gris. D'ailleurs, il en avait beaucoup, des cheveux, et il était un peu coiffé comme le musicien dont le buste se trouvait sur le piano de sa maman. Il avait un grand nez, l'air un peu triste, mais un beau sourire, même s'il ne souriait pas souvent. Petit Hector avait remarqué que les filles de la classe l'aimaient beaucoup. Elles disaient qu'il était « trop beau », et ça l'énervait un peu. En même temps, il savait que le maître était gentil. Un jour, il avait entendu sa maman l'appeler « le poète romantique ». Il n'avait pas bien compris, car il n'écrivait pas de poèmes, mais ça voulait dire que sa maman l'aimait bien aussi. Peut-être qu'en essayant de voir comment il faisait, il en apprendrait un peu plus sur la Vie.

Souvent le matin, le maître avait l'air fatigué, un peu comme s'il n'avait pas dormi. Alors, il leur donnait des exercices à faire et lui se reposait un peu en lisant un livre. Mais il ne devait pas trop se reposer car il notait des choses sur un petit cahier, comme s'il faisait des devoirs lui aussi.

Quand il n'était pas fatigué, le maître avait toujours une manière amusante de présenter les choses. Par exemple, il disait : « Après tout, qu'est-ce qui vous prouve que la Terre est ronde ? » Il écoutait les réponses (on a un globe terrestre à la maison ; mon papa l'a dit ; on l'a vu à la télé ; si elle n'était pas ronde, elle ne pourrait pas tourner). Ensuite, il leur avait expliqué que le premier qui avait prouvé que la Terre était ronde était un Grec, il y a très longtemps. La Grèce était un pays à côté de celui des parents d'Orhan. Elle avait été très importante, elle avait donné beaucoup d'idées au reste du monde et construit de belles statues qu'ils étaient allés voir au musée avec toute la classe et de magnifiques temples en ruine avec des colonnes joliment éboulées. Mais depuis, ça avait changé : la Grèce donnait surtout des olives noires ou vertes, du fromage très salé pour mettre dans la salade et plein d'îles pelées pour aller en vacances. « Ça pourrait nous arriver aussi un jour », disait le maître avec son air triste qui plaisait aux filles.

Il avait fait des dessins au tableau pour montrer comment le Grec avait trouvé que la Terre était ronde juste en regardant l'ombre de colonnes à midi.

Le maître, il aimait bien la Grèce, et les parents de Petit Hector lui avaient expliqué que l'été, il y emmenait des gens en vacances et leur expliquait tout. Il préparait aussi un examen très difficile pour pouvoir expliquer la Grèce en classe à des élèves plus grands que Petit Hector et ses copains. Donc, il quitterait peut-être l'école et les élèves qui l'aimaient bien ne le verraient plus. C'était encore la Vie, mais moins triste que le Divorce.

Le maître donnait de bonnes notes en rédaction à Orhan, ce qui prouve qu'il n'était pas rancunier, car Petit Hector avait compris que le pays d'Orhan et la Grèce s'étaient fait pas mal la guerre et que ce n'était pas tout à fait fini.

Le calcul, on sentait que ça l'intéressait moins. Une fois, Arthur avait même trouvé une erreur qu'il avait faite au tableau. Le maître l'avait félicité.

Petit Hector se disait qu'il avait différentes sortes de vies. Celle de la classe n'en était qu'une parmi d'autres. Et il se posait des questions sur les autres vies du maître. À force de faire attention, il était arrivé à découvrir des indices, comme les policiers à la télé.

Le maître avait toujours l'air un peu triste et fatigué le matin, mais il était plus en forme l'après-midi. Est-ce qu'il se couchait trop tard ?

Le maître n'avait pas d'alliance au doigt, comme ses parents ; donc, il n'était pas marié. Est-ce qu'il avait une petite amie ?

Le maître avait un petit bracelet en tissu, avec une sorte de bijou en pierre. Peut-être qu'il l'avait rapporté de Grèce.

Le maître ne votait pas comme ses parents, car le lendemain du jour où une dame avait été élue maire de leur ville (les parents de Petit Hector avaient voté pour elle), il avait eu l'air particulièrement fatigué. Plus tard, quand il s'était laissé tomber son livre sur le pied, il avait dit : « Décidément, ce n'est pas un bon jour. »

Le maître n'aimait pas trop l'Amérique non plus car il disait parfois : « Arrêtez donc de regarder ces films idiots qui viennent d'Amérique. » Petit Hector l'avait raconté à son papa, qui avait observé que le maître n'avait pas tort pour certains films, mais que beaucoup de bonnes idées venaient d'Amérique maintenant, un peu comme de la Grèce avant.

Plus tard, Petit Hector avait failli écrire « l'Amérique » dans une rédaction où il s'agissait de parler du pays qu'on aimerait visiter. Mais il s'était retenu, car il s'était souvenu de la première leçon de Vie : *quand on parle, il ne faut pas oublier à qui.* Ça marche aussi pour quand on écrit.

Petit Hector sentait aussi que le maître l'aimait bien, d'abord parce qu'il se tenait bien en classe et travaillait bien. Mais aussi parce qu'un jour il lui avait demandé s'il savait d'où venait le nom d'Hector. Et Petit Hector avait été très content que le maître pose la question, parce qu'il le savait, bien sûr.

— Hector, mari d'Andromaque et père d'Astyanax, le plus vaillant des guerriers troyens !, s'exclama-t-il.

Il se sentait très fier de savoir tout ça et il trouvait qu'il avait un prénom intéressant qui faisait apprendre des choses.

— Hector était aussi bon mari et bon père, dit le maître en souriant.

C'était vrai aussi. Son papa lui avait même raconté la scène où Hector, juste avant de repartir au combat avec son casque et sa cuirasse, va dire au revoir à sa femme et à son petit enfant. Le petit Astyanax a peur du casque de son père et de son aigrette. Il se cache dans les bras de sa maman et son papa essaie de le rassurer.

Petit Hector, lui, n'avait presque jamais eu peur de son papa. Donc, il était sûr qu'il serait « vaillant » quand il serait grand.

— Hector était un grand guerrier, dit le maître, mais il ne voulait pas la guerre. Il a tout fait pour éviter que les Troyens et les Achéens ne se fassent la guerre. Il pensait que c'était une chose terrible. Souvenez-vous de cela, les enfants. On peut être très courageux et ne pas vouloir la guerre.

— Et on ne doit pas tuer les prisonniers, dit Petit Hector.

— Oui, c'est vrai, dit le maître. Hector ne tuait pas les prisonniers.

— Comme les chevaliers de la Table ronde, lança Arthur !

Petit Hector était surpris, il ne voyait pas bien le rapport entre Hector et les histoires du Moyen Âge, mais il comprit vite pourquoi Arthur avait posé la question.

— Voilà, dit le maître. Et toi, Arthur, d'où il vient, ton prénom ?

— Arthur, roi légendaire de Grande-Bretagne !, répondit Arthur qui se mit à réciter comme s'il savait par cœur. Ses amis étaient les chevaliers de la Table ronde : Lancelot, Gauvin, Perceval, Tristan, Lionel, Gauvin, Yvain, Sagramore, Pellinor, Géraint, Palamède, Mordred…

Et il s'arrêta. Il avait un trou de mémoire et Petit Hector se sentit gêné pour lui. Le maître le regardait sans rien dire.

— Heu… Léodagan, Méléagant, Lamorak, Keu… Hubault, Girflet… Garet, Galehaut… et Galahad…

On voyait bien qu'Arthur n'arrivait pas à les retrouver.

— Bravo !, dit le maître. Les enfants, voilà un bon moyen d'apprendre un peu d'histoire et de géographie. Intéressez-vous à qui portait votre prénom.

Petit Hector espérait que le maître allait demander à Binh et à Orhan de parler de leur prénom. On apprendrait sûrement des choses intéressantes, mais le maître dit :

— Savez-vous pourquoi la table des chevaliers était ronde ?

Personne ne répondit. Même Arthur n'avait pas l'air de savoir.

— Pour montrer qu'ils étaient tous égaux entre eux, dit le maître. Tout le monde était à la même distance du centre. Et on avait le droit de s'asseoir seulement si on le méritait par ses bonnes actions, pas selon sa naissance ou sa richesse. On était là selon son mérite.

Petit Hector se demanda si c'était le moment de dire que les chevaliers n'avaient aucun mérite, puisque, s'ils étaient comme ça, c'était sans doute à cause de leurs parents, enfin de leurs papas, qui étaient déjà chevaliers. Ou alors, ils étaient nés costauds et courageux ; là encore ce n'était pas à cause de leurs parents. Mais il se dit que cette histoire de mérite lui avait déjà attiré beaucoup d'ennuis. Donc, il décida de se taire.

— Et comment ils méritaient, les chevaliers ?, demanda Orhan.

— En tuant tous les ennemis !, dit Binh.

— Non !, dit le maître. Les chevaliers devaient être courageux, on disait vaillants, au combat, mais aussi respecter des règles.

— Quelles règles ?, demanda Petit Hector.

Il se demandait si c'était les mêmes règles que sa maman : faire quelque chose seulement s'il était bien que tout le monde fasse pareil. Ou celle de son papa : faire quelque chose si ce qui arrivait après était bien.

— Par exemple, dit le maître, dans un combat singulier, si leur ennemi tombait, ils le laissaient se relever avant de continuer le combat.

Petit Hector s'en souvenait, on voyait ça à la télé. Le gentil chevalier laissait l'autre se relever, mais quand c'était le gentil chevalier qui tombait le méchant, au contraire, il en profitait pour essayer de le taper encore plus.

— Et si le chevalier laissait l'ennemi se relever et qu'après, l'ennemi le tuait ?, demanda Binh.

— Eh bien, ça pouvait arriver, oui, mais, pour les chevaliers, respecter les règles c'était plus important que leur vie.

Petit Hector se dit que les chevaliers n'étaient sûrement pas des nutilitaristes.

Le maître continua. On sentait que le sujet des chevaliers et de la guerre, il trouvait ça important.

— Et les chevaliers se battaient seulement s'il fallait défendre des gens plus faibles contre les méchants, expliqua-t-il. Et ils ne trichaient jamais, ajouta-t-il en regardant Petit Hector.

Petit Hector se sentit embêté : il avait un peu triché avec Guillaume depuis la dernière fois. Il se demandait si le maître ne s'en était pas aperçu. Mais après tout, aider Guillaume qui était un peu faible en orthographe, c'était comme d'aider un plus faible. Donc, c'était faire comme les chevaliers. Ou comme le rusé Ulysse, que son maître avait l'air d'aimer beaucoup aussi. Il se souvenait qu'il n'hésitait pas à mentir et à tricher si c'était pour sauver sa vie et celle de ses copains.

Tout ça prouvait que l'histoire et la géographie, c'était quand même intéressant. Ça faisait réfléchir.

Le soir, Petit Hector nota dans son carnet :

La guerre, c'est terrible ; les parents et le maître sont contre.

Aider les plus faibles, c'est faire comme les chevaliers.

Les chevaliers respectaient des règles, comme Maman.

Ulysse était un nutilitariste, comme Papa.

Petit Hector n'est pas récompensé

Dans sa vie à l'école, les choses se mirent à aller moins bien pour Petit Hector. Il avait toujours un peu peur de Victor ; du coup, en récréation, il restait toujours avec ses copains, Orhan, Binh et Arthur. De loin, Victor les voyait rester ensemble, et ça le faisait rigoler.

Binh était parti en mission : il était allé voir Bouboule, pardon, Eugène, pour lui dire que ce n'était pas vrai, Petit Hector ne s'était pas moqué de sa mère. Mais Eugène n'avait pas voulu l'écouter et Victor lui avait dit de se barrer, le Jaune, autrement il allait avoir droit à sa baffe lui aussi. De loin, Petit Hector et les autres avaient eu l'impression que Binh allait attaquer Victor, mais non, il était revenu vers eux ; il avait une mission, c'était de revenir leur dire ce qu'avait dit Eugène, pas de se bagarrer.

En fait, il ne se passait trop rien dans la cour de récré, mais c'était plutôt au moment de rentrer en classe ou d'en sortir. Victor essayait toujours d'être près de Petit Hector et quand il y arrivait, il lui filait un coup de pied dans les mollets qui ne se voyait pas mais qui lui faisait mal, ou alors il essayait de le pousser dans l'escalier. Petit Hector devait faire de plus en plus attention pour ne pas se retrouver près de Victor. Et il y arrivait la plupart du temps, mais pas toujours.

Il commença donc à avoir peur d'aller à l'école, à cause de Victor.

Il avait bien pensé tout raconter à ses parents, mais qu'est-ce que ça aurait changé ? Ses parents auraient parlé au maître, ça se serait su, il aurait eu l'air d'un rapporteur et ça n'aurait pas empêché Victor de lui redonner des coups de pied ou des baffes quand personne ne regardait. Ou alors peut-être Victor se serait-il fait renvoyer un jour ou deux, d'accord, mais après, quand il serait revenu à l'école ?

— Petit Hector, tu as du souci ?

C'était sa maman qui lui parlait. Il ne se rendait pas compte, mais ça devait se voir qu'il avait du souci. Son papa le regardait aussi. C'était le dimanche soir, et bien sûr il se faisait du souci car demain, il y avait école.

Il finit par leur dire que, dans sa classe, il y avait un grand qui lui faisait peur et n'arrêtait pas de l'embêter.

— Mais pourquoi ?, demanda sa maman.

— Pour rien. Il m'a pris en grippe, c'est tout. Il est comme ça.

Petit Hector n'avait pas envie de raconter le début de l'histoire avec la mère de Bouboule qui était grosse mais ça n'était pas de sa faute, il n'avait pas de mérite, il sentait plus ou moins que ça pourrait provoquer une dispute entre son papa et sa maman sur le Mérite.

Hector et Clara se regardèrent.

— Tu en as parlé au maître ?, dit Clara.

— Non.

— Je vais lui en parler, alors.

— Non !, dit Petit Hector. On saura que c'est moi qui l'ai dit, et j'aurai l'air d'un rapporteur !

— Tu l'as déjà tapé ?, demanda son papa.

— Hector !, dit Clara.

— Non, dit Petit Hector. Il est plus grand que moi.

— Tu as de bons copains ?

— Oui, dit Petit Hector.

— Et lui ?

— Il a juste Bouboule, heu, Eugène.

— Très bien, dit son papa, ça va marcher.

— Hector !, dit Clara.

— Bon, dit son papa, tu vas le voir avec tes bons copains, et tu lui dis que la prochaine fois qu'il essaie de t'embêter, vous allez l'embêter encore plus tous les cinq.

— Hector !, dit Clara.

— Sans te mettre en colère, dit son papa. Ça lui fera plus peur.

— Oui, dit Petit Hector.

— Tes copains seront d'accord pour aller le voir avec toi ?

— Bien sûr.

Petit Hector était très content. Il avait déjà plus ou moins la même idée que son papa, mais comme on lui avait toujours dit que c'était très mal de se bagarrer, il n'avait pas osé. Il avait vraiment le Meilleur Papa du Monde !

Mais sa maman, elle, n'avait pas l'air contente du tout. Elle ne disait plus rien en regardant son papa.

— C'est une histoire de garçons, dit son papa, avec l'air de s'excuser.

Sa maman se tourna vers Petit Hector et dit :

— Petit Hector, je crois que ce serait bien que tu ailles un peu réviser tes leçons dans ta chambre.

Petit Hector monta dans sa chambre, mais pas tout à fait... il resta plutôt en haut de l'escalier à écouter.

— Tu veux apprendre à notre fils que la violence est une solution aux problèmes !, disait sa maman.

— Non, dit Hector, je veux lui apprendre à se faire respecter.

— Je te rappelle que tout ça se passe à l'école ! Il y a d'autres moyens de résoudre ce problème.

— À l'école ou pas, c'est très important de se faire respecter. Schopenhauer l'a dit avant moi.

— Schopenhauer ?

— Il a dit que l'honneur d'un homme, au regard de la société, est déterminé par la manière dont les autres osent le traiter et donc le maltraiter.

— Ah oui ? Alors les martyrs, par exemple, ils n'avaient pas d'honneur ?

— C'est différent, ils avaient choisi d'être martyrs. Et leur but n'était pas de réussir dans la vie, mais témoigner de la Vie éternelle.

— Tu connais bien le sujet, pour un utilitariste.

— J'ai des souvenirs... Alors, tu as envie que notre fils devienne un martyr ?

— Non, bien sûr.

— Bon, eh bien, il doit apprendre à se défendre.

— J'irai voir le maître.

— Non, dans la vie, il n'y aura pas toujours une maman et un maître pour protéger Petit Hector. Il doit apprendre à s'en tirer tout seul.

— Comme un petit voyou !

— Pas du tout. Comme un petit garçon capable de créer des alliances, c'est très utile dans la vie. Regarde, toi, dans ton travail.

Après, ça devint plus compliqué, son papa rappelait à sa maman qu'au travail, c'est grâce à des copains qui étaient copains des grands chefs que sa maman ne s'était pas fait renvoyer par un petit chef qui ne l'aimait pas, un peu comme Victor et le Petit Hector.

— D'accord, dit sa maman, mais tu ne crois pas qu'il est un peu tôt pour que notre fils apprenne toute cette sale politique ?

— De mon point de vue, il n'est jamais trop tôt, de toute façon, aucun enfant ne peut échapper à ça.

— Tu me désoles, dit sa maman.

— Ma chérie, je comprends que tu veuilles que notre fils soit bon, qu'il agisse bien, mais il faut aussi qu'il sache se défendre dans la vie. Tu sais, je vois ça toute la journée…

— Qu'est-ce que tu vois toute la journée ?

— Dans mon bureau, je vois arriver des gens trop gentils, mais déprimés, parce qu'ils se sont fait maltraiter par les autres, au boulot, en famille… Ils n'ont jamais appris à bien se défendre.

— Petit Hector est capable de se défendre !

— Oui, mais enfin, avec nous, il apprend surtout la gentillesse. Je veux qu'il ait un jeu complet.

— Tu veux qu'il réponde toujours à la violence par la violence ?

— Non, mais je veux qu'il ait le choix. Quand il sera grand, il pourra décider de toujours tendre l'autre joue, mais je veux qu'il puisse choisir entre ça ou taper deux fois plus fort !

Petit Hector aima beaucoup cette phrase de son papa. Il se dit qu'il allait lui apprendre à taper très fort sur les méchants. Alors, ils auraient tous la trouille !

— Je comprends ce que tu me dis, dit sa maman, mais ça me désole quand même.

— Mais regarde, c'est exactement ce que tu fais pour la messe !

— La messe ? Pourquoi ?

— Tu l'emmènes à la messe, il va au catéchisme, mais finalement, c'est lui qui choisira de continuer ou non, de garder la foi ou non. Tu lui laisses le choix de décider plus tard.

— Tu crois que la foi se décide ?

— Oui, d'accord, il y a la Grâce, mais toi, tu ne doutes jamais ?

— Bien sûr que si, dit sa maman… Comme tout le monde. Même Mère Teresa a écrit… que parfois elle ne croyait plus.

— Ma chérie, dit son papa.

Et là ses parents ne dirent plus rien pendant quelque temps, et Petit Hector entendit juste sa maman renifler. Est-ce qu'elle pleurait ?

Cela lui fit un peu peur ; alors, il fila dans sa chambre sans faire de bruit.

Il alluma sa console de jeux et trouva très vite un jeu de bagarre où, sur l'écran, il arrivait à réduire à l'état de loque un méchant très musclé. Il imaginait que c'était Victor. Chaque fois que le méchant se relevait, il lui explosait la tête à coups de pied et il continuait à le piétiner quand il était par terre. Il vit avec plaisir qu'il avait battu son record de la fois précédente.

Plus tard, avant de se coucher, il prit son petit carnet.

L'important dans la Vie, c'est de se faire respecter.

On peut faire plus peur en ne se mettant pas en colère.

Avoir des copains, ça veut dire créer des Alliances.

Petit Hector et les Cinq Fantastiques

Le lendemain, Petit Hector présenta l'idée de son papa, mais en faisant comme si c'était lui, à Guillaume, Arthur, Binh et Orhan. Ils l'écoutèrent, et ils trouvèrent que c'était une bonne idée. Petit Hector le savait déjà avant même de leur parler, parce que c'était vraiment de très bons copains et ils avaient déjà essayé de le défendre.

Victor était plus grand et plus costaud qu'eux, mais à cinq, ils devenaient une force terrible un peu comme les Quatre Fantastiques, et en plus, eux, ils étaient cinq ! Ou alors comme les Chevaliers de la Table ronde, même s'ils n'étaient pas autant.

Guillaume était le meilleur en foot et donc très adroit pour balancer des coups de pied. Binh pouvait taper très fort et tout le monde savait que s'il commençait à se bagarrer, on ne pouvait plus l'arrêter. Orhan était large et un peu gros, et quand ils jouaient à se faire tomber, personne n'était jamais arrivé à le faire tomber. Arthur n'avait rien de spécial, mais il n'avait pas peur. Petit Hector non plus, et en plus c'était lui qui avait eu l'idée.

Victor et Bouboule étaient en train de se parler dans un coin de la cour, quand ils virent arriver les Cinq Fantastiques.

— Voilà, dit Petit Hector à Victor, maintenant tu vas arrêter de m'embêter.

Il sentait son cœur battre très fort, mais il faisait attention à ne pas avoir l'air d'avoir peur, ni de se mettre en colère comme lui avait dit son papa.

— Si je veux, dit Victor.

— Eh ben, j'espère que tu veux, dit Petit Hector, autrement, c'est moi et tous mes copains qui allons te taper tous les jours.

— Oui, dit Guillaume.

— Oui, dit Orhan.

— Oui, dit Binh.

— Parfaitement, dit Arthur.

— Oh, les nains, vous avez l'air malin, dit Victor.

Là Petit Hector sentit que Binh ou Orhan allaient y aller, mais il ne voulait pas ça. S'il y avait une grosse bagarre, son papa et sa maman le sauraient et ne seraient pas contents.

— Tu peux dire ce que tu veux, dit Petit Hector à Victor. Mais maintenant, c'est comme ça. Et Eugène, je ne me suis jamais moqué de ta maman, ce n'est pas vrai.

— Ta gueule, dit Eugène.

Victor, lui, ne dit rien cette fois-ci. Mais Petit Hector vit qu'il avait l'air embêté, ça lui fit un plaisir terrible.

— Ça suffit maintenant. On vous a prévenus, dit Petit Hector.

Et il fit signe à ses copains qu'ils pouvaient s'en aller.

Il y en avait d'autres autour d'eux, qui avaient regardé leur petite explication, et Petit Hector se dit que c'était mieux si tout le monde était au courant. Il y avait même quelques filles qui les avaient vus et il espéra follement qu'Amandine l'avait vu en train d'être le chef, mais hélas, elle jouait de l'autre côté de la cour.

Juste quand ils s'éloignaient des autres, le surveillant s'approcha et demanda :

— Qu'est-ce qui se passe, les enfants ?

— Rien, on se parlait, dit Petit Hector.

Il se sentait très très heureux. Il avait l'impression d'avoir fait quelque chose de très important pour apprendre la Vie.

Petit Hector est fier de son papa

De temps en temps, en classe, un parent pouvait venir pour expliquer ce qu'il faisait dans la Vie. Comprendre les métiers des gens, c'était un bon moyen d'apprendre la Vie, pensait Petit Hector.

Tous les parents ne venaient pas, certains devaient avoir trop de travail, ou alors ils n'avaient pas envie de parler de leur métier.

Par exemple, le père de Guillaume, qui était cuisinier. C'était un métier que tout le monde comprenait bien, et on lui posa des questions, et Guillaume avait l'air assez fier de son papa, surtout quand il expliqua que cuisinier, c'était dur : il fallait se lever très tôt le matin pour aller faire des courses, ensuite on passait tout le temps debout dans la cuisine, il faisait chaud, on était toujours pressé, et des fois on s'énervait assez facilement.

Le grand Victor – là tout le monde fut étonné, car il ne posait jamais de question en classe – dit qu'il valait mieux acheter le restaurant ; comme ça, on gagnait de l'argent sans travailler soi-même, et d'ailleurs, son grand frère, il faisait comme ça et en avait plusieurs, de restaurants, et en fait non, c'était juste des bars, parce que la cuisine, c'était trop fatigant à faire, alors que des bouteilles, c'était facile à commander, et que ça rapportait bien plus d'argent.

Mais là Binh dit que si tout le monde faisait pareil, il n'y aurait que des bars partout, et alors, où est-ce qu'on irait manger au restaurant ?

Tout le monde était assez d'accord, ce qui fait que Victor eut l'air pas content ; après, il ne dit plus rien du tout. Sûrement, s'ils avaient été là, ses grands-parents qui tenaient un restaurant auraient été fiers de Binh.

Enfin, le grand jour arriva. Petit Hector était tout ému de voir son papa assis à côté du maître. Il était content, mais en même temps, il avait un peu peur : il se demandait si son papa n'allait pas dire un truc bizarre comme ça lui arrivait de temps en temps, et là tout le monde se mettrait à rigoler, et il se demandait comment il le prendrait.

Son papa expliqua que d'abord il avait étudié la médecine comme pour devenir un vrai docteur, et puis après il avait étudié la psychiatrie parce que là aussi, comme les autres docteurs, on pouvait aider les gens à aller mieux.

— Même les fous ?, demanda une voix au fond de la classe.

Petit Hector se retourna. C'était Matthieu, un garçon très tranquille avec de grosses lunettes qui était moyen en tout, même en copains ; il s'entendait bien avec tout le monde, mais il n'était le meilleur copain de personne.

Petit Hector trouva que ce n'était pas une bonne question, son papa lui avait déjà dit qu'on ne devait pas dire « les fous ».

— En psychiatrie, on ne dit pas « les fous », dit son papa. Pour nous, ce sont des gens qui sont malades ; alors, dire qu'ils sont fous, ce n'est pas très gentil.

— Oui, dit Matthieu, mais mon grand frère, il est fou quand même.

Tout le monde était étonné, personne n'avait entendu parler du grand frère de Matthieu, qui de toute façon ne disait jamais grand-chose.

Il y eut un silence, le maître allait dire quelque chose, mais c'est le papa de Petit Hector qui parla.

— Ton frère a déjà été à l'hôpital ?

— Oui, dit Matthieu, et on lui a donné plein de médicaments ; après, il était complètement abruti.

— Ça arrive au début, dit son papa. Parfois, on ne trouve pas le bon médicament du premier coup.

— Mais ça n'est pas le premier coup, dit Matthieu, il y est déjà allé plein de fois, et c'est toujours pareil.

— Il a déjà arrêté de les prendre, les médicaments ?

— Oui, et là, c'est pas terrible non plus… Il se met à parler tout seul et…

Matthieu n'arrivait plus à parler, et Petit Hector eut l'impression qu'il allait se mettre à pleurer.

— Les enfants, dit son papa, je crois que je vais parler un peu à votre camarade tout à l'heure. Et ça sera comme quand on parle à son docteur, on sera juste tous les deux.

— Matthieu, tu entends, dit le maître, le papa d'Hector parlera avec toi tout à l'heure.

Matthieu renifla et dit oui.

— Ce qui arrive à Matthieu est très important, dit le papa de Petit Hector. En fait, dans beaucoup de familles, il y a des gens qui ont des problèmes comme le frère de Matthieu. Alors, c'est très bien qu'il en ait parlé, c'est très courageux. Bravo, Matthieu.

— Vous pourriez l'applaudir, dit le maître.

— Oui, dit son papa. Vous pouvez applaudir Matthieu.

Et alors toute la classe applaudit. Matthieu il avait l'air gêné mais en même temps on sentait bien que ça lui faisait plaisir.

Après, il y eut d'autres questions.

— Est-ce que le papa d'Hector pouvait voir ce que les gens pensaient juste en les regardant ?

— Non, les gens croient ça, mais pour savoir ce que les gens pensent, il faut qu'ils nous parlent.

Petit Hector était déçu : il savait bien que son papa pouvait voir ce que les gens pensaient juste en les regardant. Mais il se dit que peut-être son papa ne voulait pas le dire, un peu comme Clark Kent ne dit pas qu'il est Superman.

— Est-ce que si tout le monde prenait des médicaments, tout le monde serait gentil et plus personne ne ferait de bêtises ?

Le maître et son papa se regardèrent. C'était Aurélien qui avait parlé, et Petit Hector comprenait qu'il aurait bien eu envie que tout le monde soit gentil avec lui.

Son papa dit que les médicaments, il fallait en prendre seulement quand on était malade ; de toute façon le médicament qui rend gentil ça n'existait pas, il fallait faire des efforts soi-même.

— Mais ceux qui ne font pas d'efforts ?, dit Aurélien.

— Eh bien la vie leur apprendra, dit le maître.

Ça rappela à Petit Hector la conversation qu'il avait eue avec son papa et sa maman, sur pourquoi il fallait être gentil, mais il se dit que ce n'était pas le moment d'en parler. Lui, il savait maintenant que le meilleur moyen de se comporter avec les gens pas gentils était d'avoir des copains et d'être plus fort qu'eux. Il se dit qu'il essaierait d'expliquer ça à Aurélien, mais Aurélien, il écoutait surtout ce que disait le maître.

Et puis, d'autres questions arrivèrent : est-ce que le papa d'Hector, il pouvait empêcher un papa, par exemple, de trop boire ? Ou alors une grande sœur de sortir trop tard et de prendre de la drogue ? Ou alors faire aller une maman au travail même quand elle avait du mal à se lever le matin et qu'elle ne faisait plus la cuisine ? Ou encore empêcher les gens de se suicider ?

Chaque fois, le papa de Petit Hector répondait en expliquant comment un psychiatre peut aider les gens, en les écoutant, en leur parlant et en leur donnant des médicaments, en essayant de trouver les bons du premier coup.

Presque tout le monde posa des questions, et Petit Hector était très fier, il voyait bien que le métier de son papa intéressait !

Plus tard, dans la voiture, son papa demanda à Petit Hector s'il était content qu'il soit venu en classe.

— Oh oui ! Presque tout le monde a posé des questions !

— C'est vrai.

— Et à Matthieu qu'est-ce que tu lui as dit ?

— C'est un secret, Petit Hector.

— Oui, mais bon, c'est pas un secret que tu lui as dit quelque chose, tout le monde le sait maintenant.

— D'accord. Simplement, Matthieu a besoin de quelqu'un à qui parler de ses soucis avec son frère.

— Et ça sera toi ?

— Non. Mais on va trouver quelqu'un…

— La dame psychologue de l'école ?, dit Petit Hector.

— C'est un secret, dit son papa.

Petit Hector était fier d'avoir trouvé ! Il se dit que lui aussi il arriverait à savoir ce que pensent les gens juste en les regardant.

Plus tard, il demanda à son papa :

— Alors, tu peux aider tout le monde ? Tout le monde qui a du souci ?

— Non. D'abord, seulement les gens qui veulent venir me voir. Et puis, tout le monde n'a pas besoin d'être aidé, Petit Hector, la plupart des gens arrivent à se débrouiller tout seuls !

— Tant mieux, dit Petit Hector, autrement tu aurais trop de travail ! Maman et moi on ne te verrait plus du tout !

— Exactement !, dit son papa. Mais ça n'arrivera jamais.

Dehors, le jour commençait à tomber, mais il faisait encore clair, c'était une heure qu'aimait bien Petit Hector. Il demanda à son papa :

— On rentre à la maison ?

Hector regarda sa montre.

— On a le temps de faire un petit tour.

— On va dans la forêt ?

— On y va !

Et là, c'était le bonheur, Petit Hector se dit qu'il avait espéré ça toute la journée : que son papa l'emmène faire un petit tour dans la forêt.

Le soir, il écrivit juste dans son carnet :

J'ai le meilleur papa du monde.

Et il peut aider presque tout le monde, même ~~les fous~~ les gens qui sont très malades, et aussi ceux qui ont juste des soucis.

Petit Hector et la parole de Notre Seigneur

Le dimanche, c'était la vie avec les parents, mais un peu différente des autres jours.

D'abord, Petit Hector allait à la messe avec sa maman.

Il aimait beaucoup aller à la messe avec sa maman, parce que c'était un moment où il était seul avec elle et aussi parce que c'était la Plus Jolie Maman du Monde et Petit Hector se sentait fier que les gens la voient avec lui.

Quand il était plus petit, un jour, il avait même dit à son papa : « J'ai la Plus Jolie Maman du Monde, et plus tard j'aimerais me marier avec elle. » Tout d'un coup, il avait réalisé qu'il venait de dire une grosse bêtise, mais son papa avait rigolé et dit : « En voilà au moins un qui ne refoule pas. » Et Petit Hector n'avait pas compris ce qu'il voulait dire, mais il avait compris que pour son papa, il n'avait pas dit une grosse bêtise.

Ils allaient à la messe, Petit Hector assis à l'arrière de la voiture.

— Maman, pourquoi Papa ne vient pas à la messe avec nous ?

— Parce qu'il est trop fatigué par tous les gens qu'il a aidés.

— Il leur a appris le Bon Côté des Choses ?

— Exactement, dit sa maman. Alors quand il a fini, ton papa doit se reposer. Comme ça, il peut continuer à voir le Bon Côté des Choses pour lui aussi. Tu comprends ?

— Oui.

Petit Hector se dit que sa maman aussi travaillait beaucoup mais allait quand même à la messe.

— Et à la messe, il faut y aller seulement quand ça vous intéresse ?, demanda Petit Hector.

— Heu, oui… bien sûr.

Après, sa maman ne dit rien pendant quelque temps. Et puis, elle demanda :

— Et si ce n'était pas avec moi, tu aurais quand même envie d'aller à la messe, Petit Hector ?

— Je ne sais pas.

C'était vrai, il ne savait pas. Il savait que venir à la messe faisait plaisir à sa maman, et bien sûr au Bon Dieu, mais d'un autre côté, il s'ennuyait beaucoup. Le moment qu'il préférait c'était quand il entendait le prêtre dire « Agneau de Dieu », car là, il savait qu'il n'y en avait plus pour longtemps. Parfois aussi, il profitait de la messe pour prier le Bon Dieu que ses parents et lui soient toujours heureux ou, il n'y avait pas longtemps, que Victor ne lui donne plus de coups de pied. Mais maintenant, il n'en avait plus besoin, il pouvait garder ses prières pour d'autres choses, comme de pouvoir regarder la télé plus longtemps ou d'avoir de meilleures notes en maths qu'Arthur.

De temps en temps aussi, il y avait de la très belle musique à l'orgue. Là, Petit Hector avait l'impression qu'il sentait mieux qu'il y avait un Bon Dieu. Et de toute façon, aller à la messe, c'était merveilleux car il était avec sa maman.

— Maman, je veux toujours aller à la messe avec toi !

— C'est gentil, mon petit Hector.

Et Petit Hector sentit bien que si sa maman n'avait pas été en train de conduire, elle lui aurait fait un petit bisou.

Le prêtre de cette église était un monsieur assez petit et gros, qui avait toujours l'air assez gai. Il chantait faux, mais très fort. Petit Hector se disait qu'il faisait peut-être exprès de chanter faux : comme ça, quand il commençait, tout le monde se mettait à chanter très vite pour couvrir sa voix.

Ce jour-là, c'était intéressant, le prêtre de tous les dimanches en avait invité un autre, un de ses copains, pour dire le sermon. L'autre était assez vieux aussi, mais très grand et assez beau, et Petit Hector se dit qu'il ressemblait à un vieil acteur de cinéma. Ce prêtre-là, il vivait la plupart du temps en Afrique, là où tout le monde est noir. Le prêtre de l'église avait expliqué que son ami, ce cher Paul, avait passé des années dans des régions d'Afrique où la vie était parfois assez difficile, surtout pour les Noirs.

Après, ce fut à l'autre de parler, et Petit Hector le trouva passionnant. Si seulement le prêtre de tous les dimanches pouvait inviter un nouveau copain tous les dimanches !

Le nouveau prêtre se mit à expliquer qu'en Afrique, il y avait bien longtemps, quand il venait d'arriver, il avait rencontré un guerrier kikuyu (et Petit Hector adora ce nom dès qu'il l'entendit). Et ce guerrier venait à la messe de temps en temps, en restant tout au fond de l'église avec sa lance. Le prêtre lui avait demandé pourquoi il s'intéressait à la religion de Notre Seigneur. Ça donnait ça :

— Est-ce que c'est parce que nos commandements disent de ne pas tuer ou ne pas voler ?, avait demandé le prêtre.

— Non, chez nous les Kikuyus, la loi nous dit aussi de ne pas tuer ou ne pas voler nos voisins kikuyus.

— Est-ce que c'est parce que nous parlons d'un Dieu qui a créé le monde ?

— Non, dans notre religion, nous avons un dieu qui a créé le monde, mais vous, d'ailleurs, vous en avez trois, le Père, le Fils et le Saint-Esprit. Et avec les saints, vous en avez même beaucoup plus que nous. Ce n'est pas parce que vous avez plus de dieux que nous que votre religion m'intéresse.

— Est-ce que c'est parce que Jésus s'est sacrifié pour nos péchés ?

— Non, chez nous aussi, l'homme qui sacrifie sa vie pour sauver la tribu est considéré comme le meilleur de tous, et on honorera toujours son souvenir.

— Alors pourquoi ?

— Eh bien, ta religion, elle dit que si sur mon chemin je croise un Kamba blessé qui ne peut plus se défendre – les Kambas sont nos ennemis depuis que la Lune existe, et ce sont des êtres vils qui ne croient pas aux mêmes choses que nous –, au lieu de l'achever, je dois le soigner car il est comme mon frère. Alors là, je dis, ta religion elle n'est pas comme les autres ; et donc, je trouve ça intéressant.

Petit Hector se souvint de ce qu'avait dit son papa : il ne faut jamais tuer les prisonniers, et ça ressemblait un peu à ça, peut-être son papa l'avait appris à la messe quand il était petit.

Le prêtre continua en disant que Notre Seigneur voulait que tous les hommes et les femmes soient comme nos frères ou nos sœurs, même nos ennemis. Et que c'était déjà dit dans la religion des ancêtres de Notre Seigneur comme l'avait déjà fait remarquer un nommé Lévitik qui disait qu'il fallait être gentil avec les étrangers, parce qu'on avait aussi été des étrangers dans un pays étranger, justement.

Ça faisait réfléchir Petit Hector : avant, il pensait qu'il n'y avait que son pays qui n'était pas un pays étranger ; et soudain, il comprenait que pour les autres, son pays était étranger lui aussi.

L'histoire de nous sommes tous des frères, Petit Hector trouvait ça bien joli, mais que faire quand vos frères vous attaquent comme Victor ? Il faut bien se défendre. Il imagina qu'il trouvait Victor blessé sur le bord d'un chemin. Il se demanda s'il le soignerait ou s'il lui exploserait la tête comme dans son jeu vidéo. Non, peut-être qu'il le soignerait, mais il l'endormirait avant.

Les deux prêtres continuaient à parler ; ils avaient l'air très contents de se retrouver, ils s'étaient connus quand ils étaient jeunes, car le prêtre de tous les dimanches était aussi allé en Afrique, il y avait longtemps. Petit Hector se dit que ces deux-là avaient dû faire ce qu'ils pouvaient, mais quand il voyait parfois à la télé ce qui se passait en Afrique, l'histoire de nous sommes tous frères devait être difficile à faire comprendre. Petit Hector pensa que c'était parce que les Noirs avaient peut-être plus de mal à comprendre Jésus qui était blanc. Mais plus tard, son papa lui dit que non, ce n'était pas le problème et que même dans les pays des Blancs où on connaissait bien la religion de Jésus, il s'était passé des choses aussi terribles qu'en Afrique, comme tuer tous les prisonniers ou même les bébés.

Le soir, Petit Hector écrivit dans son petit carnet :

Jésus veut que nous nous aimions comme des frères ou des sœurs, même nos ennemis.

Si nos ennemis sont blessés, c'est plus facile.

Le message nous sommes tous des frères est difficile à comprendre.

Petit Hector n'a même pas mal

Finalement, l'idée que son papa lui avait donnée avait marché. Depuis que Petit Hector, Guillaume, Binh, Orhan et Arthur étaient allés voir ensemble Victor, il ne l'avait plus embêté et même il s'arrangeait pour ne jamais se trouver à côté de lui ou des autres.

Les Alliances, ça avait l'air de marcher beaucoup mieux que nous sommes tous des frères ; d'ailleurs, les Chevaliers de la Table ronde l'avaient déjà compris il y avait bien longtemps.

Et ce qui était amusant, c'était que tout le monde le savait maintenant dans la classe, que si quelqu'un en embêtait un, il aurait affaire aux quatre autres.

Et ça commença comme ça.

Un jour, deux filles vinrent les voir. Malheureusement, ce n'était pas Amandine, mais deux filles gentilles quand même. Elles étaient tristes et énervées parce qu'elles jouaient à la balle avec d'autres filles et que deux garçons venaient de la leur piquer pour s'amuser avec. Ils étaient d'une autre classe, mais Petit Hector les connaissait, c'étaient deux frères qui restaient toujours ensemble, de vrais idiots, et ils s'habillaient toujours avec ce genre de pantalon qui tombe sur les chaussures que la maman de Petit Hector ne voulait pas qu'il choisisse dans les magasins.

— On va voir, dit Petit Hector.

Alors, les Cinq Fantastiques allèrent voir les deux frères qui jouaient plus loin en rigolant.

— Il faut leur rendre leur balle aux filles, dit Petit Hector.

— Hein ? C'est pas tes affaires !

— Si, c'est mes affaires, non, c'est nos affaires à tous les cinq.

— Oui, dit Guillaume, c'est nos affaires.

— Oui, dit Binh, il faut leur rendre leur balle, aux filles.

— Oui, dit Orhan, tout de suite il faut leur rendre leur balle.

— Exactement, dit Arthur.

Les deux frères, ils avaient l'air un peu étonnés, mais ils s'étaient arrêtés de jouer. Finalement, il y en eut un qui lança la balle sur Petit Hector, dans la figure, pour lui faire mal. Alors, Guillaume lui fila un coup de pied, Orhan le fit tomber, et il se mit à crier : « Arrête ! Arrête ! » Mais Binh continua de le taper et Arthur leur dit d'arrêter car le surveillant allait regarder dans leur direction. Binh s'arrêta.

Petit Hector avait eu un peu mal au nez, mais coup de chance, il avait quand même réussi à attraper la balle. Ils allèrent la rendre aux filles. Quand il la leur donna, elles le regardèrent avec de grands yeux en disant :

— Mais tu saignes !

Petit Hector s'aperçut qu'il saignait un peu du nez. Il vit les filles qui le regardaient, malheureusement pas Amandine, mais il se sentit fier quand même, et il dit :

— C'est rien. J'ai même pas mal.

Il se sentait très content, il faisait exactement comme il voyait à la télé quand le chevalier était blessé mais continuait quand même à battre ses ennemis et les dragons. Il devenait vraiment comme Hector, le vrai, ou alors comme Lancelot, qu'on voyait plus souvent dans les films.

Le lendemain, une des filles vint le voir, elle était blonde avec des cheveux bouclés, elle s'appelait Claire et elle dit à Petit Hector :

— Je veux être ton amie.

C'était gentil, mais Petit Hector n'y tenait pas spécialement, celle qui l'intéressait c'était Amandine, mais il répondit :

— Oui.

Et elle lui fit un petit baiser sur la joue et il devint tout rouge en se disant que les autres allaient le voir et se moquer de lui, mais non, personne n'avait vu.

— Bon, dit-il, maintenant je vais aller voir mes copains.

— Je peux aller avec toi ?

— Heu, non. On est que des garçons.

Et il vit que Claire était en peu déçue, mais bon, il fallait bien qu'elle comprenne.

Petit Hector sentit que ça pouvait être un problème dans la Vie quand une fille veut être votre amie et pas vous, et en même temps que vous voulez être l'ami d'une autre fille et que ça ne marche pas. Il se demanda si son papa avait des choses à dire là-dessus.

Soudain, en marchant vers ses copains, il s'arrêta. Il venait de se rendre compte que Claire venait un peu de le regarder comme la maman d'Arthur regardait son papa à la sortie de l'école. Peut-être qu'elle voulait être l'amie de son papa aussi ?

Penser à ça lui fit un peu peur ; alors, il courut vers ses copains et ils commencèrent à jouer.

Le soir, Petit Hector voulut écrire quelque chose dans son carnet, mais il ne trouva rien.

Enfin, rien qu'il ose écrire.

Petit Hector garde un secret

Un soir, son papa dînait tout seul à la table de la cuisine, parce qu'il était rentré très tard. Petit Hector avait mangé plus tôt avec sa maman, et ensuite elle était allée travailler sur un petit bureau qu'elle avait dans le salon. Elle avait une « présentation » à faire le lendemain. Il valait mieux bien réviser avant.

Quand son papa soupait seul dans la cuisine, il lisait son journal en mangeant. Un jour, il avait expliqué à Petit Hector que, quand il avait passé toute la journée à écouter et à parler aux gens, il avait un peu de mal à parler et à écouter Petit Hector et sa maman quand il rentrait à la maison ; il ne fallait pas lui en vouloir, juste attendre un peu qu'il se remette.

Là, Petit Hector vit que son papa avait presque fini son journal et son dîner ; il mangeait un morceau de fromage en finissant la bouteille de vin. Petit Hector pensa qu'il pouvait lui parler, mais il demanda quand même.

— Papa, est-ce que je peux te parler ?

Son papa le regarda, et Petit Hector vit qu'il fallut quand même une ou deux secondes avant que son papa ne le voie vraiment.

— Bien sûr, Petit Hector, maintenant je peux t'écouter.

— Bon alors, voilà, est-ce que la maman d'Arthur, elle veut être ta bonne amie ?

Son papa arrêta complètement de bouger, pour devenir un peu comme une photo. Finalement, il dit :

— Quelle drôle d'idée ! Pourquoi tu me demandes ça ?

— Parce que je vous vois à la sortie de l'école, et elle te regarde un peu comme si elle voulait être ta bonne amie.

— Ah bon ?, dit son papa. Écoute, je vais faire attention, mais sûrement pas. D'ailleurs, la maman d'Arthur a déjà un mari.

— Oui, mais peut-être elle te trouve mieux.

Petit Hector savait que ça pouvait arriver, même si la maman d'Arthur avait un mari. Dans sa classe, il y en avait presque la moitié qui ne vivait plus dans la même maison que leur papa et leur maman, parce qu'il y en avait un des deux qui avait trouvé mieux. Ça s'appelait le Divorce, et le prêtre à l'église, il disait que c'était une grosse bêtise, car cela faisait de la peine au Bon Dieu. Un autre jour, il avait entendu son papa dire à sa maman : « S'il n'y avait pas le Divorce, j'aurais moitié moins de travail. » Alors, Petit Hector s'était dit que le Divorce était une bonne chose puisque cela donnait la moitié de son travail à son papa ; comme ça, il ne serait jamais au chômage comme certains papas de ses camarades. Mais bien sûr, il ne voulait pas que le Divorce arrive à son papa et à sa maman, il n'osait même pas y penser.

— Non, je ne crois pas qu'elle me trouve mieux, dit le papa de Petit Hector.

Mais Petit Hector trouva qu'il avait mis beaucoup de temps pour répondre ça.

— Oui, tu ne crois pas, mais si elle te trouve mieux quand même ?

— Non, elle est juste contente de parler avec moi.

Et toi, tu as l'air content aussi, pensa Petit Hector, mais il n'osa pas le dire.

— De toute façon, dit son papa, moi je suis très heureux avec ta maman, je ne trouverai jamais mieux, alors on restera toujours ensemble. Tu comprends ?

— Oui !, dit Petit Hector.

Il se sentait rassuré, son papa était celui qui avait toujours raison, il se souvenait que c'était en l'écoutant qu'il avait su comment faire peur à Victor, il avait le papa le Plus Fort du Monde.

Mais après son papa dit :

— Écoute, Petit Hector, ne parle pas de la mère d'Arthur à Maman. Elle s'inquiéterait pour rien, ce serait dommage. C'est un secret entre nous, d'accord ?

— D'accord, dit Petit Hector.

— Un secret entre hommes, d'accord ?

— D'accord.

Et Petit Hector et son papa se tapèrent dans la main comme les Noirs ils font à la télé.

Mais après, c'est bizarre, il se sentit moins rassuré.

Le soir, dans son lit, il n'arrivait pas à s'endormir.

Il se disait que comme il avait la Plus Jolie Maman du Monde et le papa le Plus Fort du Monde, ça pouvait bien arriver que des gens les trouvent mieux que le mari ou la femme qu'ils avaient déjà à la maison.

Et s'il en parlait quand même à sa maman de son papa avec la maman d'Arthur ?

Ce n'était pas bien de ne pas tenir une promesse faite à son papa, mais Petit Hector sentait qu'il n'était pas bien non plus de cacher quelque chose à sa maman. S'il lui racontait tout, elle pourrait faire bien attention à garder son papa, et la maman d'Arthur n'arriverait pas à l'attraper même si elle le voulait très fort.

D'un autre côté, sa maman risquait d'avoir beaucoup de peine et de souci, et peut-être pour rien, puisque son papa lui avait dit que la maman d'Arthur ne serait jamais sa bonne amie.

Et puis, s'il racontait tout à sa maman, après, son papa serait fâché contre lui, et il ne lui dirait plus de secrets…

Finalement, Petit Hector décida qu'il valait mieux ne rien dire. Il était un peu mal de cacher quelque chose à sa maman, mais le contraire risquait de faire encore plus de mal.

Tout à coup, Petit Hector s'aperçut qu'il venait de bien penser aux Conséquences. Son papa aurait été rudement content !

Mais est-ce que sa maman l'aurait été autant ?

Il ralluma la lampe, prit son petit carnet et nota :

Faire plaisir à tout le monde, c'est bien difficile, on ne peut pas.

Et puis il se recoucha. Et dans le noir, il fit une petite prière : Mon Dieu, faites que mon papa et ma maman restent toujours ensemble.

Petit Hector est amoureux

Finalement, Petit Hector rencontra Amandine. Il était difficile de savoir si c'était lui qui était allé la voir ou elle qui s'était approchée ; en tout cas, maintenant, ils se trouvaient dans un coin de la cour de récré, avec les copains de Petit Hector pas loin, et d'autres filles amies d'Amandine aussi.

— Alors, Claire, c'est ta bonne amie, demanda Amandine en le fixant de ses beaux yeux bleus.

— Claire ? Oh non. Mais elle est gentille.

Petit Hector ne savait plus quoi dire. Voir Amandine tout près de lui, il sentait que ça le paralysait, un peu comme son papa quand il avait posé la question sur la maman d'Arthur.

— Elle a dit qu'elle était ta bonne amie, dit Amandine.

— Oh, peut-être qu'elle veut, mais pour moi c'est juste une copine.

— Ah, dit Amandine.

Petit Hector avait l'impression qu'Amandine aussi ne savait plus trop quoi dire. Finalement il lui dit :

— Tu as de beaux yeux, tu sais.

— Ah, dit Amandine, et elle rit un peu, mais Petit Hector vit bien que ce n'était pas pour se moquer.

Son papa avait bien raison ! Il fallait dire ce qu'on pense. Ils se mirent à marcher ensemble.

— Tu aimes bien les histoires d'*aliens* ?, demanda Petit Hector.

— Non, pas trop.

— En tout cas, si un *alien* t'attaquait, je pourrais te défendre, dit Petit Hector.

— Tu es gentil, dit Amandine.

Petit Hector aurait préféré qu'Amandine dise : « Tu es très fort » ou « Tu n'as pas peur », mais ce n'était déjà pas si mal.

— Je peux te faire un bisou ?, demanda Petit Hector.

À ce moment, Amandine vit ses amies filles qui l'appelaient.

— Il faut que j'y aille, dit-elle.

— D'accord, dit Petit Hector.

Mais il n'était pas tellement d'accord.

Amandine lui envoya un dernier regard de ses beaux yeux, et après, il la regarda s'éloigner vers ses copines.

— C'est ta petite amie ?

C'était Orhan qui l'avait rejoint.

— J'aimerais bien, dit Petit Hector.

— Les filles, c'est trop compliqué, dit Orhan.

— Oui, dit Petit Hector.

Il se disait qu'il avait bien commencé avec : « Tu as de beaux yeux, tu sais » mais qu'après, il s'était un peu perdu en route, il ne savait pas très bien comment.

Le soir, il se retrouva avec son papa à la cuisine.

Son papa leva les yeux de son journal.

— Alors, tu as parlé avec Amandine ?

— Oui.

Petit Hector lui raconta.

— Très bien, dit son papa.

— « Très bien » ? Pourquoi ?

— Parce que tu as osé lui parler, je suis fier de toi.

— Oui, mais elle n'est pas ma bonne amie, je ne lui ai pas fait de bisous.

— Il ne faut pas aller trop vite, dit son papa.

— J'ai l'impression que j'ai raté.

Son papa réfléchit un peu. Et puis il expliqua que les filles c'était un peu comme tout, comme le foot par exemple, il fallait apprendre, et qu'on ne pouvait pas réussir du premier coup.

— Oui, mais comment j'aurais pu réussir ?

— Peut-être que tu aurais dû partir le premier. Dire que tu devais aller voir tes copains.

— Comme elle a fait.

— Voilà, et là c'est elle qui t'aurait regardé t'en aller.

Son papa était vraiment le Plus Fort du Monde, il avait deviné qu'il était resté à regarder Amandine s'en aller.

Le soir, il réfléchit encore à tout ça. Il se souvint que son papa avait dit que parler aux filles, ça s'apprenait, comme le foot. Mais Petit Hector se sentit soudain très inquiet : il savait bien qu'il y en avait qui étaient très bons en foot tout de suite, comme Guillaume, et que certains n'arriveraient jamais à être bons comme lui. Et si c'était pareil avec les filles ?

Bon, il valait mieux voir le Bon Côté des Choses, comme lui avait dit sa maman : il avait réussi à parler à Amandine ; son papa était fier de lui ; il avait appris quelque chose pour parler aux filles.

Il prit son petit carnet et nota :

Pour parler aux filles, il faut s'en aller le premier.

Et puis, il réfléchit un peu et il eut une idée pas tellement du Bon Côté des Choses. Il se disait que son papa était sûrement le Plus Fort du Monde pour parler aux filles. Alors, s'il voulait que la maman d'Arthur soit sa bonne amie, ça arriverait forcément.

Ça l'inquiéta tellement qu'il eut du mal à s'endormir.

Petit Hector fait comme les chevaliers

Maintenant à l'école, ça se passait plutôt bien pour Petit Hector et ses copains.

Les filles dont ils avaient récupéré la balle leur avaient apporté des Carambar. Ils étaient très contents des Carambar, mais surtout que ce soient des filles qui leur fassent un cadeau.

Un autre jour, il y avait eu une dispute entre trois garçons. Aurélien, un petit gars à lunettes qui avait tendance à pleurer, comme s'il était encore petit, pleurait encore. Il était très bon en classe, mais autrement pas très malin.

— Qu'est-ce qui se passe ?, demanda Petit Hector.

— C'est qu'un nul, dit un des autres garçons. Il a perdu, c'est normal.

Petit Hector connaissait celui-là, c'était Gérard. Il avait toujours les Plus Belles Baskets et son papa une grosse voiture. Il était très fort aux billes aussi. Petit Hector comprit : le pauvre Aurélien avait accepté de jouer ses voitures aux billes, et bien sûr, il s'était fait complètement battre par les autres. Aurélien était tellement pas malin et avait tellement envie d'avoir des copains que peut-être que si Guillaume lui avait proposé de jouer ses petites voitures au foot ou Orhan de jouer à celui qui fait tomber l'autre, il aurait accepté.

Les autres en avaient profité.

— Ouais, il a perdu, ce nul, c'est normal qu'on lui prenne ses voitures.

Celui-là, c'était un copain de Gérard, il le suivait partout, mais Gérard était le chef des deux, avait remarqué Petit Hector.

— Combien vous lui avez pris de voitures ?, demanda Petit Hector.

— Ça te regarde ?, dit Gérard.

— Oui, dit Orhan.

— Oui, dit Guillaume

— Oui, ça nous regarde, dit Binh.

— Exactement, dit Arthur.

Finalement, Petit Hector demanda à Gérard de rendre deux voitures sur trois à Aurélien. Il trouvait que c'était normal qu'Aurélien perde une voiture, ça lui apprendrait à ne pas jouer aux billes avec des plus forts que lui.

— Et ne la lui reprenez pas, autrement, dit Petit Hector à Gérard et son copain. Autrement, vous aurez affaire à nous.

Gérard et son copain s'en allèrent, pas très contents.

Après, Aurélien se mit à toujours rester avec eux et ne voulait plus les quitter. C'était un peu embêtant, ils étaient les Cinq Fantastiques, et Aurélien n'avait rien de fantastique, sauf pour les profs peut-être. C'était un peu comme si quelqu'un avait voulu être chevalier de la Table ronde mais ne savait même pas se servir d'une épée ! Mais le lendemain, Aurélien leur donna à chacun deux petites voitures, alors ils le laissèrent les regarder jouer.

Après les filles et leur ballon et Aurélien et sa voiture, ça commença à changer. Tous les autres venaient les voir les Cinq Fantastiques pour se plaindre quand on leur avait fait de la peine. On les avait tapés, on leur avait volé un jouet, on leur avait craché dessus, on s'amusait à les faire tomber, on leur lançait le ballon dans la figure, on essayait de leur toucher le zizi, on se moquait d'eux parce qu'ils étaient gros, parce qu'ils étaient petits, parce qu'ils bégayaient, parce qu'ils pleuraient, parce qu'ils avaient des lunettes ou des appareils auditifs, parce qu'ils étaient trop nuls ou trop bons en classe, parce qu'ils ou elles n'avaient pas les vêtements et les chaussures qu'il fallait, on se moquait d'eux à cause de leur papa ou de leur maman parce qu'ils étaient gros ou pas de la bonne couleur, ou avaient l'air bête.

Alors, les Cinq Fantastiques allaient poser des questions, et puis ils avertissaient : si ça recommençait, on allait avoir affaire à eux. Et ça marchait.

Arthur dit que maintenant ils étaient comme les chevaliers de la Table ronde : ils défendaient ceux qui ne pouvaient pas se défendre.

Petit Hector, Binh, Orhan et Guillaume trouvèrent que c'était une très bonne idée, et ils commencèrent à se choisir des noms comme les chevaliers, mais finalement, comme c'étaient des noms un peu bizarres, ils décidèrent de garder les leurs.

En plus, le soir, ils revenaient de l'école avec de plus en plus de petites voitures, de Carambar, de billes, de jeux vidéo et même de temps en temps une paire de baskets, des stylos de toutes les couleurs, et plein de choses qui leur faisaient plaisir.

Et Petit Hector remarquait qu'il y avait aussi plus de filles qui le regardaient, même Amandine, maintenant.

Le soir, dans son carnet, il commença à écrire la liste de tout ce que lui et ses copains avaient reçu comme cadeaux depuis qu'ils faisaient comme les chevaliers. Il ajouta même le stylo avec lequel il écrivait, qui avait l'air tout en or, avec le nom d'une banque dessus. C'était un cadeau d'Aurélien, qui avait dit que son papa travaillait dans cette banque.

Après quoi, il écrivit :

Quand on fait comme les chevaliers, on est bien récompensé.

Pourtant, ils avaient défendu les autres juste pour faire de bonnes actions, pour suivre les bonnes règles comme les chevaliers, les règles du Bien qu'aimait tant sa maman. Mais ça avait quand même de bonnes Conséquences, comme les aimait son papa. Donc, cette fois, il réussissait à faire plaisir à la fois à son papa et à sa maman !

Il était tellement content qu'il eut un peu de mal à s'endormir.

Petit Hector apprend la justice

Tout allait merveilleusement bien pour Petit Hector et ses copains, mais un soir sa maman rentra à la maison avec un drôle d'air.

— Il faut qu'on parle, dit-elle à son papa.

Petit Hector était en train de jouer aux dames avec son papa qui, en général, le laissait gagner.

— D'accord, dit son papa.

Plus tard, son papa et sa maman se parlèrent au salon, et bien sûr Petit Hector était à plat ventre en haut de l'escalier pour les écouter.

— Ton fils rackette ses petits camarades, dit sa maman.

— Tiens, je me disais aussi qu'il avait de nouveaux jouets qu'on n'avait pas achetés…

— C'est tout ce que ça t'inspire ?, dit sa maman d'un ton un peu énervé.

Là, Petit Hector rentra dans sa chambre parce que ça lui faisait toujours un peu peur d'entendre ses parents se disputer.

Il se mit à jouer avec sa nouvelle collection de petites voitures, mais ça ne l'empêchait pas de les entendre parler un peu fort. Alors, il mit en route un nouveau jeu vidéo qu'un garçon qui louchait lui avait donné. C'était amusant, il fallait tuer le plus de soldats ennemis possible le plus vite possible, et on avait toutes sortes d'armes pour ça, des pistolets, des pistolets-mitrailleurs, des fusils d'assaut, des lance-roquettes, des mitrailleuses, des grenades et même un lance-flammes qui transformait les ennemis en machins tout brûlés, un peu comme des saucisses qu'on laisse trop longtemps sur le barbecue. Est-ce que les chevaliers de la Table ronde se seraient servis d'un lance-flammes ou est-ce qu'ils auraient trouvé que ce n'était pas respecter les règles ? D'un autre côté, les dragons étaient des sortes de lance-flammes avec des pattes et même des ailes.

Finalement Petit Hector se retrouva avec ses parents devant le principal du lycée, le maître de sa classe et la dame psychologue.

Il n'avait pas peur, car il sentait qu'il n'avait fait aucune bêtise. Ça l'énervait donc un peu qu'on lui demande de tout raconter une fois de plus.

— Vous n'avez jamais demandé des jouets à tes camarades ?, demanda le principal.

— Non, dit Petit Hector, ils nous les ont donnés.

— Mais en échange de quoi ?

— C'est parce qu'on les protège des méchants, dit Petit Hector.

— Donc, vous leur avez dit que s'ils vous donnaient des cadeaux, vous les protégeriez ?

— Non, non, ils nous ont demandé d'abord !

— Ils vous donnaient des jouets d'abord ou après ?, demanda le maître.

— Après, dit Petit Hector.

Il ne comprenait pas bien pourquoi c'était si important. Et puis, il se souvint que, depuis quelque temps, certains leur avaient donné des jouets avant, pour qu'ils les protègent ensuite.

— Enfin, des fois, ils nous en ont donné avant aussi.

— Attention, Petit Hector, demanda sa maman, c'est important.

— Oui, eh bien, certains nous donnaient après qu'on les avait protégés, et d'autres avant en nous demandant de faire quelque chose pour eux.

— Quoi par exemple ?, demanda le maître.

— Arrêter qu'on les embête, qu'on se moque d'eux, qu'on leur prenne leurs affaires, qu'on les tape.

— Ça n'arrive pas si souvent quand même, dit le principal d'un air énervé.

— Ça arrive tout le temps, dit Petit Hector. Et même, certains, ils nous ont donné parce qu'ils en avaient marre que d'autres leur touchent le zizi.

Là, il vit bien que le principal et le maître étaient très gênés.

— Ça arrive souvent ?, demanda la dame psychologue.

— Pas très, mais ça arrive. Près des toilettes.

— Mais pourquoi les enfants ne le disent pas ?

— Ils ont peur qu'on se moque d'eux, dit Petit Hector. Ou de se faire taper après.

— Donc, dit le principal, tu reconnais que tu as demandé des jouets à tes camarades, pour leur rendre service.

— Non, dit Petit Hector, je n'ai jamais demandé.

— Ce n'est pas ce que disent certains parents, dit le principal.

— Mon fils a dit que ses petits camarades lui donnaient leurs jouets, pas qu'il les demandait, protesta son papa.

— Quoi qu'il en soit, de tels comportements sont inacceptables dans notre établissement, répondit le principal.

— De même qu'il est inacceptable que des élèves soient victimes d'attouchements sexuels et que cela échappe à la surveillance de l'école, rétorqua son papa.

Il y eut un grand silence. Petit Hector vit que son papa et le principal se regardaient, l'air pas contents, et que le principal était devenu tout rouge.

— Petit Hector, tu connais tes camarades à qui d'autres essaient de toucher le zizi ?, demanda la dame psychologue.

— Forcément, puisqu'ils m'ont donné des jouets. Mais peut-être qu'il y en a d'autres que je ne connais pas.

— Tu pourrais nous dire qui c'est ?

— Si mon fils participe à une sorte d'enquête, je pense que vous serez d'accord pour dire qu'il aide à la vie de l'école, dit son papa.

Le principal fit la grimace comme s'il faisait un gros effort, et puis finalement il dit :

— Oui, nous le comprenons comme ça.

— Bien, dit son papa. Et bien sûr, nous sommes tous d'accord pour que ce problème se traite dans la discrétion.

— Bien sûr, dit le principal.

— Je suis content que nous nous comprenions, dit son papa en souriant.

Là, Petit Hector vit que sa maman regardait son papa avec un drôle d'air, un peu comme si elle était contente et pas contente à la fois, comme si elle était un peu en colère et avait envie de rigoler en même temps.

Ensuite, le principal demanda si Petit Hector connaissait ceux qui tapaient, qui se moquaient ou même qui essayaient de toucher le zizi des autres.

Bien sûr qu'il les connaissait, c'étaient toujours les mêmes, comme Victor, Gérard et quelques autres, qui en général étaient plus grands que les autres. Et il y en avait beaucoup qui suivaient, pour se mettre bien avec eux ou pour faire comme eux, même s'ils n'étaient pas méchants au fond.

Mais Petit Hector n'avait pas envie de donner des noms : il sentait que ça pouvait lui valoir des ennuis. Il pensait au grand frère de Victor avec sa chaîne autour du cou.

— J'ai pas tellement envie…, dit-il.

— Mon fils n'a pas envie, dit son papa. Et je crois que ce n'est pas à lui de dénoncer ses petits camarades. C'est aux victimes de se plaindre ou à la surveillance de l'école de les trouver.

— Bon, bon, dit le principal.

— Et puis, dit son papa, je pense que juste en voyant quels parents se sont plaints…

Petit Hector se dit qu'il avait le papa le Plus Fort du Monde.

À la fin, on expliqua à Petit Hector que lui et ses copains ne devaient plus accepter de cadeaux des autres.

— Même s'ils veulent nous faire des cadeaux ?, demanda Petit Hector.

— Même s'ils veulent vous faire des cadeaux, dit la dame psychologue.

— Mais pourquoi ?

— Parce qu'autrement leurs parents ne seront pas contents, dit le principal.

— Tu promets ?, demanda sa maman.

Petit Hector trouva ça un peu fou, mais comme il sentait que c'était une réunion importante, que son papa et sa maman avaient l'air de se faire du souci, il dit qu'il promettait.

Ensuite, tout le monde se parla un peu et le principal dit qu'il pensait qu'ils étaient arrivés à une décision juste ; les parents d'Hector dirent d'accord.

Plus tard, il était dans la voiture.

— Je suis fier de toi, Petit Hector, dit son papa.

— Hector !, dit sa maman.

— Chérie, c'est ce qu'on appelle le *protection business*, c'est le principe de la société féodale. Moi, ton seigneur, je te protège, et toi en échange tu me donnes une part de ta récolte. Toute l'aristocratie européenne a commencé comme ça.

— La mafia aussi, non ?, dit sa maman.

Après ça, son papa ne dit plus rien pendant quelque temps.

— Papa, pourquoi tu es fier de moi ?, demanda Petit Hector.

— Parce que tu as accepté de rendre les cadeaux, dit sa maman.

— Donc, je ne serai pas puni ?, demanda Petit Hector.

— Non.

— Pourquoi ?

— Parce que le principal l'a décidé, c'est ce qu'on appelle la justice.

— Je l'ai un peu aidé, à rendre la justice, dit son papa.

— Hector !, dit sa maman.

— Écoute, je crois que c'est bien que notre fils apprenne que tout est affaire de rapport de forces.

— Mais ce n'est pas vrai !, dit sa maman. Il y a aussi une justice, Petit Hector n'avait rien fait de mal.

— Ça ne suffit pas toujours, dit son papa, autrement il n'y aurait pas besoin d'avocats.

— Oui, et d'ailleurs ils défendent même les coupables.

— C'est un droit, ça fait partie de la justice.

Puis, ils s'aperçurent qu'ils commençaient à parler un peu trop fort et que Petit Hector devenait inquiet. Alors, ils arrêtèrent et dirent qu'ils étaient bien contents que tout se soit bien terminé.

Le soir, Petit Hector nota dans son carnet :

La justice, c'est mieux quand on est pas puni.

Quand on est innocent, on n'est pas puni si on a un avocat.

La justice, c'est affaire de rapport de forces.

Il ne comprenait pas bien cette phrase, mais il se dit qu'il valait mieux demander des explications quand sa maman ne serait pas là. Parce qu'un papa et une maman, il commençait à s'apercevoir que ça ne voit pas les choses pareil !

Plus tard, il réfléchit et se souvint que toute cette histoire était partie de sa dispute avec Eugène, qui avait cru qu'il s'était moqué de sa maman. Ou même avant, de la conversation avec son papa sur le Mérite qui expliquait que ce n'était la faute de personne si les gens étaient comme ça.

Il nota dans son petit carnet :

L'histoire de qui a du mérite ou pas, ça énerve beaucoup les gens.

Petit Hector et Amandine

La vie avait un peu changé pour Petit Hector et ses copains. Les autres ne leur faisaient plus de cadeaux, parce que le maître avait expliqué en classe qu'ils ne devaient plus le faire.

Le maître n'avait pas parlé des Cinq Fantastiques, mais tout le monde avait compris que c'était d'eux dont on parlait. Il avait aussi dit qu'à l'école tout le monde devait être gentil, et ne pas se taper, ne pas se moquer et encore moins se toucher le zizi. Il avait ajouté que plus tard, la Vie, c'était comme ça et qu'on devait apprendre à vivre ensemble.

Petit Hector pensait que ça ne servait pas à grand-chose de raconter ça une fois de plus, et il se disait que les Cinq Fantastiques auraient encore du boulot. Mais finalement non, parce que, dans la cour de récréation, en plus du surveillant, il y avait maintenant un nouveau monsieur avec un uniforme un peu comme celui de la police. Il avait l'air gentil, mais il surveillait quand même encore plus que le surveillant, en particulier près des toilettes. Donc, les Méchants comme Victor ou Gérard n'avaient plus tellement l'occasion de taper ou de se moquer, et même Victor s'était retrouvé dans le bureau du principal parce qu'il avait fait tomber le petit Aurélien et que le nouveau surveillant l'avait vu.

Très vite, il n'y eut donc plus de travail pour eux, mais ce n'était pas grave puisqu'ils restaient toujours bons copains.

Toute cette histoire avait pas mal occupé Petit Hector, mais ça ne l'empêchait pas de penser au plus important : Amandine. Il avait fait des progrès : maintenant, il pouvait lui dire bonjour quand il le voulait et elle lui répondait. Mais ça ne durait pas plus que ça. Il ne savait pas trop quoi lui dire après, et d'un autre côté, il ne pouvait pas non plus lui parler de jeux comme Arthur avec les filles, parce que ce n'était pas pour jouer avec elle qu'il lui disait bonjour, et il sentait bien qu'elle le savait.

Il regardait donc Amandine, et de temps en temps elle le regardait quand elle jouait avec d'autres copines, mais il ne savait pas bien quoi faire.

Et puis il y avait Claire. Elle venait toujours le voir, presque tous les jours, et il voyait bien qu'elle l'aimait presque autant qu'il aimait Amandine, mais pour lui, ce n'était qu'une fille, et donc pas très intéressante sauf si vous êtes amoureux.

Claire voulait savoir ce que Petit Hector aimait, ce qu'il lisait, ce que faisait son papa. Elle essayait même de leur raconter des histoires aussi intéressantes que celles qu'inventaient Petit Hector et ses copains, et parfois elle y arrivait, mais bon, ça ne suffisait pas à faire partie de la bande. Elle avait aussi essayé de jouer à la balle avec eux, mais quand elle avait vu que Petit Hector n'était pas le meilleur, elle avait arrêté.

— Quel crampon celle-là, disait Guillaume.

— Oh, disait Petit Hector, elle est gentille.

— Ouais, disait Binh, elle est sympa.

— Et elle est belle, avec ses cheveux blonds, disait Arthur.

Et Petit Hector s'aperçut qu'Arthur peut-être était amoureux de Claire. Mais c'était bien triste, parce qu'il voyait bien que pour elle c'était juste un copain, et même si c'était celui d'entre eux qui passait le plus de temps avec les filles, il n'avait pas de petite amie.

— Elle est jolie, c'est vrai, disait Orhan, mais elle la ramène un peu trop.

— C'est une fille, dit Binh.

Et Petit Hector fut d'accord, ça expliquait tout.

À ce moment-là, ils virent passer la grande Ngoc avec sa queue-de-cheval noire, et Binh ne dit plus rien pendant quelque temps.

Petit Hector se dit que c'était difficile pour lui. Il était déjà difficile d'être amoureux d'Amandine et de ne pas savoir quoi faire, mais être amoureux d'une fille qui avait au moins deux ans de plus !

Petit Hector réussit quand même à avoir une autre petite conversation avec Amandine. Elle discutait avec d'autres filles, mais Petit Hector osa s'approcher quand même.

— Bonjour, dit-il.

— Bonjour, dit Amandine.

Et toutes les autres filles se mirent à rigoler. Petit Hector se sentit devenir tout rouge. Mais comme son

Papa le Plus Fort du Monde lui avait dit qu'avec les filles, il ne faut jamais avoir peur et toujours dire ce qu'on pense, il dit :

— Je voulais te dire bonjour et parler un peu avec toi.

— D'accord, dit Amandine.

Ils se mirent à marcher le long du préau, et Petit Hector avait l'impression que tous les élèves de la cour de récréation les regardaient, même le surveillant avec le nouvel uniforme, et bien sûr ses copains et les copines d'Amandine.

— Alors, tu vas bien ?, demanda Petit Hector.

— Oui, ça va.

— Ton papa et ta maman, ils sont gentils avec toi ?

— Oui, dit Amandine. Enfin, surtout ma maman.

— Et ton papa ?

— Il n'est pas souvent à la maison.

— Ah bon ? Pourquoi ?

— Il dit qu'il a trop de travail.

— Moi, mon papa, il est tous les soirs à la maison.

— Tant mieux pour toi, dit Amandine.

Petit Hector vit qu'Amandine était un peu triste.

— Si j'étais marié avec toi, moi je serais tous les soirs à la maison.

— Ah bon ?, dit Amandine.

— Oui, et même je te préparerais un goûter.

— Ah bon ?, dit Amandine.

Et Petit Hector vit que cela lui faisait plaisir. Il était content, il ne s'était pas perdu dans la conversation sur les *aliens* comme la dernière fois.

— Et après on jouerait à se faire des câlins et des bisous, dit Petit Hector.

Ça lui était venu comme ça, mais d'un coup, il se sentit gêné de l'avoir dit. Mais Amandine n'avait pas l'air de trouver ça mal.

— Tu es gentil, dit Amandine en le regardant.

Et là, Petit Hector vit le visage d'Amandine si près de lui, il voulut lui faire un bisou, mais elle fit un petit pas en arrière.

— Arrête ! Tout le monde nous regarde !

C'était vrai, il l'avait un peu oublié. Ils recommencèrent à marcher. Petit Hector sentait son cœur qui battait très fort.

— Des câlins et des bisous, tu l'as déjà fait avec Claire ?, demanda Amandine.

— Non. J'ai pas envie avec Claire.

Amandine ne répondit pas, mais Petit Hector vit aussi que ça lui faisait plaisir.

— Bon, dit Amandine, il faut que j'y aille.

— D'accord, dit Petit Hector.

Et elle repartit voir ses copines. Zut !, se dit Petit Hector, il avait oublié le conseil de son papa avec les filles : il faut toujours partir le premier. Il se sentit vraiment nul.

En revenant vers ses copains, il essaya de regarder le Bon Côté des Choses. Après tout, il avait dit à Amandine qu'il voulait lui faire des câlins et des bisous, et c'était exactement ce qu'il pensait.

Ses copains le regardaient approcher. Ils avaient l'air très sérieux, ils sentaient bien que tout ça c'était important pour Petit Hector.

— Alors ?, demanda Arthur.

— Ça va bien, dit Petit Hector.

Mais au fond de lui, il n'en était pas tout à fait sûr.

Le soir, il essaya d'écrire quelque chose à propos de la journée, mais il n'y arrivait pas, tout se brouillait dans sa tête. Il parvint juste à écrire :

Amandine Hector

Et après, il eut envie de faire plein de dessins autour, des cœurs, des fleurs, des étoiles, mais il se dit que ça n'irait pas : son carnet, c'était pour écrire, pas pour faire des dessins !

Alors il éteignit, et il essaya de s'endormir.

Petit Hector veut devenir chef

Parler à Amandine, ça donnait du souci à Petit Hector : il arrivait à lui parler assez souvent, mais ça ne durait pas longtemps et elle retournait jouer avec ses amies. Mais il se disait qu'il y avait quand même le Bon Côté des Choses : il passait plus de temps avec sa maman, parce que ces temps-ci elle avait moins souvent des présentations à préparer, il avait remarqué.

Cependant, c'était drôle, il trouvait que sa maman avait l'air un peu triste, alors que lui, s'il avait eu moins de devoirs à faire à la maison, il aurait été bien content.

Son papa avait dû remarquer aussi que sa maman travaillait moins. Un soir, à dîner, il lui avait posé la question et Petit Hector avait écouté :

— Parce que mon chef ne m'emmène plus aux réunions importantes, dit sa maman.

— Ah bon ?, dit son papa. Depuis combien de temps ?

— Depuis qu'on a un nouveau directeur général.

Petit Hector se fit expliquer que le directeur général c'était le chef du chef de sa maman.

— Je ne sais pas, dit sa maman, peut-être qu'il ne me trouve pas assez à la hauteur pour me montrer au nouveau directeur général.

— J'ai du mal à le croire, dit son papa. Ton chef te trouvait à la hauteur avant, non ?

— Oui, dit sa maman. Avant, j'avais même l'impression qu'il m'appréciait.

Petit Hector sentit que sa maman avait de la peine. C'était terrible, il ne voulait pas que sa maman ait de la peine. Si les enfants du chef de sa maman avaient été dans la même école, il aurait été les taper avec les autres Fantastiques.

— Mais il s'appuie toujours sur ton travail ?, demanda son papa.

— Oui.

— J'ai compris, dit son papa.

— Ah bon ?

— Ton chef ne veut pas te montrer au nouveau directeur général parce qu'il se dit que ça pourrait lui donner des idées !

— Des idées ?, demanda sa maman.

— De le remplacer par toi, par exemple.

— Tu crois ?, dit sa maman. Mais non, c'est idiot, je ne pourrais pas remplacer mon chef, voyons...

— Tu te sous-estimes, ma chérie, je te l'ai toujours dit...

Petit Hector vit que sa maman s'était mise à réfléchir très fort.

— C'est vrai que mon chef a l'air assez mal à l'aise avec ce nouveau directeur général. Alors qu'il était assez copain avec le précédent !

— Tu vois, dit son papa. Maintenant, il a peur pour son job.

— À la seule réunion où il m'a emmenée, j'ai senti que je lui plaisais bien moi, au nouveau directeur général !

— J'espère pas trop quand même, dit son papa en rigolant.

Mais sa maman, elle, elle ne rigolait pas du tout.

— Bon sang ! Il est en train de me mettre au placard, alors !

Petit Hector était très content : sa maman n'avait plus l'air d'avoir de la peine, maintenant elle avait l'air en colère.

— Ben oui, dit son papa, ton chef pense à sa carrière. C'est humain.

— Ça ne va pas se passer comme ça, dit sa maman.

— Il ne sait pas à qui il a affaire, dit son papa.

— Qu'est-ce que tu veux dire ?

— Juste que moi, je sais bien qu'il ne faut pas t'énerver.

C'était bien vrai, pensait Petit Hector. Il avait remarqué que sa maman était très gentille, trop, disait parfois son papa, mais quand elle s'énervait, elle pouvait s'énerver beaucoup plus fort que lui !

Comme Petit Hector et ses meilleurs copains n'avaient plus tellement à faire comme les chevaliers, ils passaient plus de temps à discuter. Et ce jour-là, ils se demandaient ce qu'ils aimeraient faire plus tard.

— Moi j'aimerais conduire un camion, dit Guillaume. On voit du pays, et mon papa dit qu'on a toujours du travail.

— Mais alors on ne rentre pas le soir à la maison, dit Petit Hector.

— Non, dit Guillaume. Et alors ? On n'a pas besoin de rentrer tous les jours le soir à la maison.

C'était vrai, mais Petit Hector se dit que ça l'aurait rendu très triste de ne pas rentrer tous les soirs à la maison surtout si Amandine l'attendait.

— Moi, j'aimerais inventer des jeux vidéo, dit Arthur. Des plus extraordinaires que ceux qu'on a. Il y aurait des personnages avec des costumes chinois ou japonais magnifiques.

— Tu pourrais inventer un jeu vidéo où on serait dedans ?, demanda Orhan.

— Bien sûr, dit Arthur.

Comme Arthur était très bon en dessin, surtout pour dessiner des robes ou des costumes, il était possible qu'il arrive un jour à inventer des jeux vidéo comme ça.

— Et tes parents, ils sont d'accord ?

— Mon papa dit que pour ça je dois déjà bien travailler à l'école.

— Peut-être pas, dit Binh. Peut-être qu'il vaudrait mieux que tu commences tout de suite à apprendre les jeux vidéo, pour devenir très fort.

— Mon papa, il ne veut pas. Il veut que je travaille à l'école. Il dit : « Après, tu pourras toujours faire ce que tu veux. »

Petit Hector se souvenait du papa d'Arthur avec ses gros sourcils et il se dit que, quand il disait quelque chose, ce ne devait pas être facile de le contredire, comme lui faisait parfois avec son papa.

— Et toi ?, demanda Arthur à Binh.

— Moi, j'aimerais être docteur, dit Binh.

— Quel genre de docteur ?, demanda Orhan.

— Celui qui est dans une ambulance et qu'on appelle quand les gens ont un accident et qu'ils vont mourir ; et alors, il les sauve.

— D'autres fois, il les attend à l'hôpital, dit Petit Hector, j'ai vu ça à la télé.

— C'est pareil, le docteur les sauve quand même.

— Pour devenir docteur, il faut bien travailler à l'école, dit Arthur.

— C'est sûr, ajouta Binh.

Mais ça ne lui posait pas de problème, il travaillait déjà bien à l'école.

— Et peut-être que c'est Guillaume qui conduirait ton ambulance !, dit Petit Hector.

Il venait d'avoir l'idée et la trouvait géniale.

— Je la conduirais très vite, pour sauver le plus de gens possible !, s'écria Guillaume.

— D'accord !, dit Binh.

Petit Hector eut une autre idée :

— Et alors, Arthur ferait un jeu vidéo où vous seriez dedans et où, pour gagner, il faudrait conduire l'ambulance très vite et sauver le plus de gens pour avoir des points !

Tout le monde se mit à rigoler. Très contents de cette idée, ils imaginaient déjà le jeu vidéo.

— Et Orhan, toi, qu'est-ce que tu aimerais faire ?

— Je crois que je travaillerai avec mon père, dit Orhan.

— Mais tu es fort en rédaction, dit Petit Hector.

— Et alors ?, dit Orhan.

— La rédaction, ça ne sert à rien pour construire des maisons.

— Et alors ?, répéta Orhan. Je construirai des maisons et, le soir, je pourrai faire des rédactions tout seul à la maison.

C'était vrai, mais Petit Hector trouvait quand même que quelque chose clochait.

Ses copains lui demandèrent ce qu'ils voulaient faire.

— Être chef, dit-il.

— Chef ? Mais chef de quoi ?

— De moi, dit Petit Hector.

Les autres étaient assez étonnés. D'habitude, Petit Hector arrivait à bien s'expliquer, mais là ce n'était pas clair.

Petit Hector n'avait pas envie de leur raconter la fin de la conversation entre son papa et sa maman à propos de son chef ; il aurait fallu tout expliquer, c'était trop compliqué.

— Et dire que ça fait trois mois que je me tourmente pour savoir ce qui n'allait pas !, disait sa maman.

— Le plus grand pouvoir du chef, dit son papa : vous obliger à penser à lui !

— En tout cas, je trouve que tu l'as rudement bien compris.

— Ma chérie, des gens qui souffrent à cause de leur chef, j'en vois passer toute la journée, alors à force…

À ce moment-là, Petit Hector demanda comment on pouvait faire pour ne pas avoir de chef.

— En travaillant comme ton papa, dit sa maman.

— En devenant chef à la place du chef, dit son papa.

— Il faut en avoir envie, dit sa maman. Et puis, on a quand même toujours un chef au-dessus.

— Ou alors en ayant un bon chef, dit son papa. Ça c'est le mieux, et ça arrive !

— Oui, mais un bon chef, ça ne se trouve pas tous les jours. Quelle chance tu as !, dit sa maman.

— D'avoir une femme merveilleuse et en plus qui se sous-estime ?

— Non, de ne pas avoir de chef !

— Ah mais si, j'ai un chef, dit son papa.

— Qui c'est ?, demanda Petit Hector.

Il était étonné, son papa n'avait jamais parlé de son chef.

— Eh bien c'est moi, dit son papa. Comme ça, c'est pratique, on se comprend toujours !

Et là tout le monde avait bien rigolé, même sa maman.

Le soir, Petit Hector écrivit dans son carnet :

Un bon chef, ça se trouve pas tous les jours.

Mais si c'est vous qui êtes le chef, alors ça va.

Petit Hector et la fin de la chance

Très souvent, Petit Hector pensait qu'il avait beaucoup de chance. Et parfois, ça lui faisait un peu peur, parce qu'il se demandait si un jour, cette chance ne finirait pas. En regardant les autres à l'école, il voyait bien que cela pouvait se terminer pour de bon.

Par exemple le Divorce. Il connaissait plusieurs de ses camarades de classe qui ne vivaient plus avec leur papa et leur maman, parce que leur papa et leur maman n'étaient plus ensemble. Bien sûr, il y en avait qui disaient que c'était bien parce qu'ils avaient deux fois plus de cadeaux à Noël ou que le nouveau copain de leur maman était super ou encore la nouvelle copine de leur papa, mais Petit Hector se demandait s'ils disaient toujours la vérité. Et puis, ceux qui disaient ça, en général, ça faisait pas mal de temps que leurs parents avaient divorcé. Alors, ils s'étaient habitués, ils arrivaient à voir le Bon Côté des Choses. Mais il en voyait d'autres dont les parents étaient en train de divorcer. Et là, Petit Hector sentait bien qu'ils ou elles étaient assez malheureux, sans compter qu'en général, ils se mettaient à avoir de mauvaises notes.

Il y avait aussi le Chômage, et en général c'était un secret. Mais il savait que parfois un des deux parents perdait son travail et n'arrivait pas à en retrouver même en cherchant bien, et tout le monde était très triste à la maison.

Cependant, il se sentait rassuré, parce qu'avec son travail, aider les gens, il savait que son papa ne serait jamais au chômage. Sa maman pouvait être au chômage bien sûr, mais le Bon Côté des Choses, c'est qu'elle serait plus souvent avec lui à la maison !

Et puis, il y avait des trucs encore plus horribles, qui pouvaient arriver même à des enfants comme lui.

Il évitait d'y penser, mais il se souvenait d'Éloi.

Éloi avait à peu près le même âge que lui. Comme ils n'étaient pas dans la même classe, ils n'avaient pas souvent parlé, sauf une ou deux fois en jouant au foot, et il faut dire qu'Éloi était encore moins bon que Petit Hector et qu'il était aussi plutôt gentil. Mais il était très bon en musique, tout le monde savait qu'il prenait des cours de piano après l'école. Il disait à ses copains qu'il voulait devenir pianiste quand il serait grand.

Une fois, Éloi n'était pas revenu de vacances. Et par des copains qui connaissaient ses copains, on avait su qu'il avait une maladie dans le sang, qu'il était à l'hôpital et que les docteurs allaient le guérir. Et puis, il était revenu à l'école un jour. Il avait l'air assez fatigué et avait les cheveux tout courts, un peu comme s'il se faisait pousser des nouveaux cheveux, et tout le monde était très gentil avec lui. Mais un jour, il n'était pas revenu à l'école. Il était retourné à l'hôpital. Et après les vacances d'été suivantes, on ne l'avait plus revu du tout. D'abord, personne ne l'avait trop remarqué, ça arrivait tout le temps que des élèves changent d'école et qu'on ne les revoie plus. Mais après, toujours par ses copains, Petit Hector avait appris qu'Éloi était mort. Les docteurs n'avaient pas réussi à le sauver, et pourtant ils avaient sûrement tout essayé.

Même si ça n'était pas un de leurs copains, ça leur fit quelque chose de savoir qu'Éloi était mort. La preuve, c'est qu'ils n'en parlèrent presque pas.

Ça rappelait à Petit Hector la phrase de son papa que sa maman ne voulait pas qu'il dise :

La Vie il faut l'apprendre, car on ne sait jamais le temps qu'on aura.

Un soir, comme il était dans son lit, il se mit à penser à Éloi. Ça lui fit un peu peur.

Bien sûr, Petit Hector se disait que comme son papa était docteur, il connaissait les meilleurs docteurs et donc, même s'il attrapait une grosse maladie, ils arriveraient à le sauver. Mais quand même, il n'était pas sûr. D'ailleurs à la télé, dans les histoires de docteurs, et là forcément c'était les meilleurs, il y avait quand même certains de leurs malades qui mouraient de temps en temps. Alors, les docteurs prenaient des cafés ensemble avec un air triste ou alors ils se disputaient, surtout quand c'était un garçon docteur et une fille docteur (la fois suivante, les mêmes qui s'étaient disputés s'embrassaient sur la bouche en général).

— Petit Hector, tout va bien ?

C'était sa maman qui venait lui dire bonsoir. Elle sentait toujours quand il se faisait du souci.

— Oui, dit Petit Hector.

— À quoi tu penses ?

Petit Hector hésita un peu, il ne savait pas pourquoi mais même parler d'Éloi ça lui faisait un peu peur.

— À Éloi.

Sa maman était au courant, tout le monde l'était à l'école.

— Ah oui, ce pauvre petit garçon, dit sa maman. Et ses pauvres parents…

Petit Hector sentait que même sa maman ça lui faisait un coup de penser à Éloi.

— Maman ?

— Oui.

— Éloi, il est vraiment mort ?

Il sentit que sa maman avait du mal à répondre.

— Oui, il est vraiment mort.

— Il est mort comme les chats qu'on voit écrasés sur la route ?

— Heu, oui, mais ce n'est pas pareil ! Éloi était un petit garçon ! Maintenant, il est au Ciel.

— C'est sûr qu'il est au Ciel ?

— Oui, dit sa maman.

Mais, c'était bizarre, Petit Hector sentit que même sa maman n'était pas complètement sûre.

Après, sa maman l'embrassa et lui dit que dimanche prochain à la messe, ils prieraient pour Éloi, pour qu'il reste au Ciel ou pour qu'il y aille s'il n'y était pas encore arrivé.

Ensuite, c'est son papa qui vint lui dire bonsoir.

— Papa ? Comment c'est le Ciel ?

— Tu penses toujours à Éloi, ta maman me l'a dit.

— Oui. Comment c'est le Ciel ?

Son papa eut l'air de réfléchir un peu.

— Tu te souviens comment c'était avant que tu sois né ?

— Avant que je sois né ?

C'était une drôle de question. Son papa posait souvent de drôles de questions, mais là c'était le record.

— Ben non, je ne m'en souviens pas. Personne ne peut se souvenir comment c'était avant d'être né. Même juste après, je ne m'en souviens pas.

— Eh bien, voilà, quand on meurt, c'est pareil, c'est comme avant d'être né.

— Et on est au Ciel ? Avant d'être né aussi ?

— Oui, mais on ne s'en souvient pas.

— Donc, avant d'être né, on est au Ciel, et après quand on meurt, on y retourne ?

— Voilà.

— Et Maman est d'accord ?

— Oui.

— Mais comment elle sait comment c'est le Ciel, puisque personne ne s'en souvient ?

— Certaines personnes ont des idées sur le Ciel ; d'autres ne savent pas trop.

— Mais de toute façon, il y en a un de Ciel ?

— Oui, dit son papa, il y en a un. Surtout pour les enfants gentils comme toi ou Éloi.

Petit Hector se sentit mieux. On mourait, c'était vrai, mais il y avait le Ciel, même si tout le monde n'était pas d'accord sur ce qu'il y avait dedans, en tout cas c'était là où on était avant d'être né et donc on était bien quelque part. Et là, son papa et sa maman avaient l'air d'accord là-dessus, même si sa maman avait plus d'idées sur le Ciel parce qu'elle allait à la messe.

Il repensa à Éloi, avec ses nouveaux cheveux qui repoussaient très fins. Il était content de savoir qu'il était au Ciel, parce que c'était vraiment un gentil garçon.

Et puis, il s'endormit pour de bon.

Petit Hector et le maître et les autres sortes de vie

En voyant le maître tous les jours en classe, Petit Hector s'était dit que pour lui aussi c'était une sorte de Vie, mais qu'il devait en avoir d'autres.

Pas la Vie avec les parents, parce que les grandes personnes ne vivaient pas avec leurs parents, mais déjà la Vie en vacances, même si, pour lui, ce ne devait pas tout à fait être des vacances puisqu'il devait passer son temps à expliquer la Grèce aux gens. Il avait sûrement une Vie avec les copains, mais il ne les avait jamais vus.

Petit Hector fit une grande découverte sur les autres Vies du maître un soir après l'école. Il revenait à la maison avec Guillaume, car ils n'habitaient pas loin, et leurs parents leur avaient donné la permission de revenir seuls. Et que virent-ils soudain ?

Devant eux, le maître marchait avec la maîtresse de l'année d'avant, celle qui avait des yeux marron clair et qui était très gentille.

Petit Hector et Guillaume s'étaient rapprochés, mais pas trop, car ils ne voulaient pas se faire voir.

Le maître parlait à la maîtresse et elle lui répondait gentiment. Lui la regardait beaucoup, alors qu'elle, elle tournait surtout le regard devant elle.

En une seconde, Petit Hector comprit que le maître était exactement comme lui avec Amandine. Et même pour lui qui plaisait aux filles de la classe, ça n'avait pas l'air si facile avec une plus grande comme la maîtresse.

Donc, ça prouvait bien que les filles, c'était un sujet difficile. Et pourtant, on n'apprenait rien à l'école là-dessus, et d'ailleurs même le maître avait l'air d'avoir du mal, alors comment il aurait pu leur apprendre ?

Guillaume et Petit Hector les suivirent encore quelque temps, mais après Guillaume dit qu'il fallait revenir vers chez lui car, sinon, sa maman allait s'inquiéter et appeler la police. (Elle l'avait déjà fait un soir que Guillaume était resté à jouer au foot dans un terrain vague pas très loin de l'école.)

Le soir, il raconta ce qu'il avait vu à son papa et sa maman.

— Bon, dit sa maman. Mais il ne faut le dire à personne.

— Même pas aux copains ?

— Non, dit sa maman.

— Guillaume est déjà au courant, dit son papa.

— Ce n'est pas la même chose, dit sa maman.

— En tout cas, ce qui est important, dit son papa, c'est que, toi, tu ne racontes rien.

— Mais pourquoi ?

— Parce que si ça se sait, des élèves pas gentils pourraient se moquer du maître et de la maîtresse. Si ça arrive, il ne faut pas que ça soit ta faute.

Petit Hector comprit tout de suite. C'était un peu comme pour lui : on pouvait se moquer de lui quand il allait parler à Amandine.

— Dans la Vie, dit son papa, il faut toujours penser aux Conséquences !

Petit Hector se souvenait bien de cette leçon de Vie que son papa avait l'air de beaucoup aimer.

— C'est vrai, dit sa maman. Mais tu ne crois vraiment pas que parfois, dans la Vie, il faut faire des choses parce qu'elles sont bien, quelles que soient les Conséquences ?, demanda sa maman.

— Et rester fidèle à des principes ?

— Exactement, dit sa maman.

— Quoi par exemple ?, demanda son papa.

Sa maman se mit à réfléchir.

— Dénoncer quelqu'un qui a fait quelque chose de mal, même si ça risque de te faire perdre ton travail.

— Tu penses à toi ?

— Peut-être, dit sa maman.

— On est d'accord en fait, dit son papa. Moi, je le ferais, je dénoncerais quelqu'un qui a fait quelque chose de mal, mais sans me faire prendre.

— Tu ne changes pas, dit sa maman.

— C'est pour ça que tu m'aimes, ma chérie, dit son papa en rigolant.

Ça fit un peu rire sa maman, mais Petit Hector sentit qu'elle se faisait quand même du souci.

Le soir, il écrivit dans son petit carnet :

Il faut toujours faire le bien, mais sans se faire prendre.

Petit Hector et l'art

On était mercredi après-midi et ce n'était pas comme d'habitude. Leur maître emmenait la classe au musée. Et avec une autre classe. Ô surprise, ô merveille, c'était celle d'Amandine. Et l'autre maître, c'était la maîtresse d'avant, celle qu'aimait bien leur instituteur.

Petit Hector était tout excité, car il pensait que cette fois, ce serait plus facile de parler à Amandine qu'au milieu de la cour de récré.

Malheureusement, dans le bus qui les emmenait, on avait fait monter une classe l'une après l'autre et il se trouvait au moins à quatre rangées derrière Amandine. En plus, elle n'avait pas l'air de faire très attention à lui. Il avait essayé de se consoler avec Claire, en se disant que peut-être ça le rendrait plus intéressant pour Amandine. (La veille, son papa lui avait dit : « Quand on s'intéresse à une fille, parfois il faut faire semblant de s'intéresser à une de ses copines. » Et sa maman s'était fâchée assez fort.) Mais Claire, maintenant, boudait ; elle lui en voulait de ne pas avoir voulu d'elle comme bonne amie, et il sentait que c'était fini avec elle. Il se dit tout de même que Claire était très mignonne, avec ses boucles dorées et son petit nez, et il commença à se demander s'il n'avait pas fait une très grosse bêtise en ne la voulant pas comme bonne amie. Il savait que cette impression s'appelait le Regret, et ce n'était pas agréable.

Dans le musée, il ne perdit pas de temps. Il se rapprocha d'Amandine. Et quand on leur demanda d'aller par deux en se tenant la main, il prit la sienne. Elle était d'accord.

Le cœur de Petit Hector se gonflait de joie pendant qu'ils montaient ensemble les marches du musée. Il n'écoutait pas vraiment le maître qui expliquait que ce musée était un peu construit à la manière des Grecs quand ils bâtissaient des temples. La maîtresse était un peu plus loin, elle ne restait pas près de lui.

— Tu aimes ça, toi, les Grecs ?, demanda Petit Hector à Amandine.

— Je ne sais pas, dit Amandine, mais c'est chouette d'aller au musée.

— Oui, et tu vas voir, notre maître, il en connaît un rayon sur les Grecs.

Bon, ce n'était pas mal comme début, mais il ne fallait pas en rester là. Le problème, c'était qu'il ne trouvait plus quoi dire. Soudain, il vit que la maîtresse s'était rapprochée du maître.

— Je crois que le maître aimerait bien qu'elle soit sa bonne amie, dit Petit Hector.

— Ah bon ? Tu crois ?, demanda Amandine en ouvrant de grands yeux.

Petit Hector se dit qu'il avait peut-être fait une bêtise en disant ça, mais il était trop tard et il fallait bien qu'il trouve des choses intéressantes à raconter.

— Oui, dit Petit Hector. Regarde bien.

En effet, en regardant bien, on voyait que le maître avait l'air très content de parler à la maîtresse, même si elle, elle avait l'air juste un peu contente.

Ils entrèrent tous dans le musée. C'était presque aussi grand qu'une église. Le maître les emmenait devant les statues, et il leur expliquait à chaque fois qui c'était.

Hercule, bien sûr, on aurait un peu dit Hulk tellement il était musclé, avec sa grosse massue et habillé avec une peau de bête qui ne lui cachait pas le zizi. Du coup, Petit Hector se demanda soudain si le sien était bien normal. Celui d'Hercule paraissait si grand, mais il réalisa ensuite que par rapport à la taille d'Hercule, pas du tout, en fait. En plus, il savait que les zizis grandissaient plus tard. Donc, il n'avait pas trop à s'inquiéter.

— Mon père, il est aussi fort qu'Hercule, dit Orhan qui était juste derrière eux.

— Ah bon ?

Petit Hector n'était pas d'accord, mais il se disait que comme Orhan était un bon copain, ce n'était pas la peine de discuter. Il se souvenait encore de la première leçon inscrite dans son carnet : *Quand on parle, il ne faut pas oublier à qui.* D'un autre côté, c'était difficile à savoir, car Hercule était mort depuis longtemps et le papa d'Orhan n'avait sûrement jamais essayé de faire ce qu'il avait fait : tuer ou capturer pas mal d'animaux féroces et même un homme à moitié cheval ou un dragon à plusieurs têtes. Hercule n'était pas un dieu, expliqua le maître, mais un demi-dieu, il pouvait mourir comme un homme, mais ensuite il allait quand même au paradis pour les dieux.

Un peu comme Superman, pensa Petit Hector. Il était assez fort pour faire tout ce qu'il voulait, mais risquait quand même de mourir à cause de la kryptonite.

Le maître continuait de raconter son histoire, et c'était intéressant. À un moment, Hercule était très amoureux d'une princesse nommée Omphale. Pour lui plaire, il avait dû devenir son esclave. Et pour lui obéir, il lui avait fallu s'habiller comme une fille pendant un an et faire exactement le même travail que les servantes d'Omphale, tricoter, faire la cuisine, aller au lavoir. Après quoi, Omphale le prit comme mari.

Petit Hector se dit qu'il deviendrait peut-être l'esclave d'Amandine, si elle le lui demandait. Mais de là à s'habiller en fille pendant un an…

À ce moment-là, Arthur demanda au maître s'il y avait une statue d'Hercule habillé en fille, mais le maître dit que non.

Dommage, ça aurait été bien rigolo, mais Hercule ne devait pas être content qu'on le voie habillé en fille et il n'avait pas voulu qu'on le représente en statue comme ça.

— Si tu me demandais de m'habiller en fille, je ne sais pas si je serais d'accord, dit Petit Hector.

Amandine eut l'air étonnée, et puis, elle commença à avoir le fou rire. Petit Hector se sentit très content de la faire rire, mais comme elle ne s'arrêtait pas, il se demanda si elle ne se moquait pas un peu de lui.

Finalement, elle s'arrêta en s'essuyant les yeux.

Cette fois, ils étaient arrivés devant un mur où il y avait de belles peintures rouges et noires. On voyait des guerriers tout nus qui portaient seulement des casques et s'enfilaient des lances les uns dans les autres. D'autres, sans casques, étaient assis sur des canapés, l'air très détendus, et le maître expliquait que c'étaient les dieux qui poussaient les autres à se bagarrer.

Petit Hector trouva que ça aurait fait un magnifique jeu vidéo, avec lui et ses copains.

Il vit qu'Amandine commençait à s'ennuyer.

— Ça manque un peu de couleur, dit Petit Hector. Moi, je ferais bien mieux.

— Ah ?, dit Amandine.

— Oui, je ferais les gens roses, et les dieux tous dorés.

— Ce serait joli, dit Amandine.

— Et puis, je te dessinerais dans un coin, tu serais avec les dieux, tu serais une déesse !

Amandine le regarda et lui aussi.

Et Petit Hector serra sa main plus fort, et Amandine répondit. Et soudain, Petit Hector sentit que ça y était, Amandine le regardait comme il la regardait.

— Les enfants !, dit la maîtresse.

À force de se regarder, ils ne s'étaient pas rendu compte que tout le monde se trouvait maintenant au pied de la statue d'une très belle dame avec un cygne qu'elle avait l'air d'aimer beaucoup.

Pendant que le maître parlait et que la maîtresse surveillait les enfants, Petit Hector parlait en chuchotant avec Amandine. Ça y était, il trouvait toujours quelque chose à dire, et il la faisait rire, et elle le regardait avec ses beaux yeux qui le rendaient fou.

— Tout ça, les enfants, dit le maître en montrant tout ce qu'il y avait dans le musée, c'est ce qu'on appelle l'Art.

Hector trouva que l'Art c'était très bien, parce que ça donnait toujours de quoi réfléchir et ça intéressait les filles aussi, Amandine en particulier.

Le soir, il décida qu'après tout, il pouvait aussi faire des dessins dans son petit carnet. Le dessin, c'était de l'Art, le maître l'avait expliqué.

Il essaya de dessiner Amandine, toute belle et allongée comme une déesse sur un canapé, et lui debout à côté et très fort comme Hercule. Mais c'était raté. Il s'énerva, déchira la page et la déchira encore en tout petits morceaux parce qu'il voulait que personne ne voie un dessin aussi raté. Ça ne ressemblait pas du tout à Amandine et on ne l'aurait pas reconnue non plus. L'Art, c'était très difficile.

Après, pour se rattraper, il chercha quelque chose d'intéressant à écrire sur son carnet, mais d'abord il ne trouva pas.

En pensant à la manière dont Amandine l'avait regardé, il se sentait simplement heureux, tout rempli de bonheur.

Finalement, il écrivit :

Le bonheur, c'est difficile à raconter.

Petit Hector découvre une nouvelle vie

Maintenant, la Vie avait changé pour Petit Hector. En plus de ses quatre vies, il venait d'en gagner une cinquième : la Vie avec Amandine !

Pourtant, cette vie-là ne prenait pas beaucoup de temps : ils ne pouvaient se voir que pendant les récrés, et encore pas longtemps parce que Petit Hector avait ses copains et ses copines. Ni l'un ni l'autre ne pouvaient les lâcher comme ça. Alors, de temps en temps, Petit Hector se retrouvait au milieu des amies d'Amandine, et de temps en temps, elle venait voir les Cinq Fantastiques. Du coup, Petit Hector apprenait à jouer un peu comme les filles et Amandine un peu comme les garçons.

Les filles se parlaient beaucoup, et beaucoup à propos des autres dans la cour et ce qu'ils faisaient. Les garçons, eux, préféraient se courir après, jouer aux billes, au ballon, se pousser, mais Petit Hector et ses copains aimaient se raconter des histoires. Ça, Amandine aimait bien, et comme Petit Hector était assez fort pour inventer des histoires, ça tombait bien.

Voilà le genre d'histoires qu'il trouvait :

Petit Hector et ses copains étaient dans un bateau, mais voilà, il y avait une grande tempête, et aussi un poulpe géant qui attaquait le bateau par en dessous, et donc le bateau coulait, mais ils avaient quand même le temps de tuer le poulpe et de monter dans une petite chaloupe, et après ils voyageaient sur la mer, ils avaient très soif mais ils pêchaient des petits poissons et ils essayaient de boire leur pipi car ils n'avaient pas d'eau, sauf celle de la mer qu'il ne fallait pas boire. (Là, il y avait eu une grande discussion entre ceux qui disaient que boire son pipi, ça donnait encore plus soif, et ceux qui disaient que si on en buvait un petit peu, ça pouvait aider. Après, Binh avait posé la question : et manger son caca ? Et ils avaient bien rigolé, mais pas Amandine, alors ils avaient arrêté cette partie de l'histoire.) Bon, après, ils arrivaient sur une île déserte, et ils se reposaient, et pendant ce temps Amandine et ses amies volaient en avion mais, manque de chance, leur avion passait au-dessus du volcan de l'île juste au moment où il explosait, il prenait feu et il tombait dans la mer, mais juste avant il se cassait en deux, et elles tombaient toutes à l'eau. (Ou bien elles sautaient en parachute, mais Binh, qui avait déjà pris l'avion, avait dit qu'on ne vous donnait pas de parachute, juste un gilet de sauvetage qui, gonflé, pouvait peut-être ralentir la chute, mais pas tellement.) Hector et ses copains les voyaient tomber au loin, alors ils construisaient un radeau et ils allaient les repêcher, mais les requins arrivaient, et ils devaient les tuer à coups de rame (encore une discussion pour savoir s'il y avait des rames ou non sur un radeau) et parfois les requins sautaient hors de l'eau et les attaquaient, et ils se faisaient mordre, mais tant mieux car ça attirait les requins, et pendant ce temps-là les filles dans l'eau étaient tranquilles. Finalement, ils arrivaient à tuer tous les requins ou seulement à leur faire peur, fit remarquer Orhan, car on ne peut pas tuer tous les requins de la mer, il y en a tellement, et ils repêchaient les filles sur leur radeau, mais comme elles étaient toutes nues, elles ne voulaient pas monter. (Là encore, parce qu'Amandine était là, ils n'osèrent pas discuter trop longtemps pour savoir si elles étaient complètement nues ou juste en slip. Et très vite, Petit Hector proposa de dire qu'ils donnaient un peu de leurs vêtements aux filles. Comme ça, ils étaient tous à moitié habillés, et elles pouvaient monter dans le radeau.) Après ils revenaient tous vers l'île et là les filles soignaient les morsures de requins des garçons, et eux ils construisaient des cabanes, et Arthur leur faisait de belles robes avec des feuilles, et ils étaient très heureux, et après ils avaient des bébés, et après leurs bébés devenaient grands, et après il y avait de plus en plus de monde sur l'île, et après elle devenait comme un pays, et après ils devenaient tous présidents et présidentes, et après on les voyait tout le temps à la télé.

Comme Petit Hector arrivait à démarrer une histoire comme ça presque tous les jours, vous imaginez comme les autres avaient envie de l'aider et comme les filles, et Amandine en particulier, aimaient bien jouer avec eux.

Ensuite, Petit Hector et Amandine arrivaient à se retrouver un peu tout seuls. Il lui disait qu'elle était la Plus Belle du Monde et que, quand ils seraient grands, ils se marieraient. Et elle disait oui et se demandait s'ils auraient un, deux ou trois enfants, que des filles ou que des garçons. Et après, ils se faisaient un petit bisou quand sonnait la fin de la récré.

Petit Hector était très très heureux. Tout allait bien dans sa Vie : il avait de bons copains, un maître gentil, de bonnes notes en classe, les Meilleurs Parents du Monde et la Plus Belle Bonne Amie du Monde.

Un soir, il écrivit dans son carnet :

C'est le bonheur.

Je voudrais que ça dure comme aujourd'hui pour toujours, mais que je devienne grand quand même.

Il relut cette phrase, mais il se dit que ça paraissait difficile que ça puisse vraiment durer comme ça.

La Vie n'était pas comme ça, il le sentait.

Petit Hector apprend l'argent

Petit Hector savait que l'argent, c'était important : il en fallait pour acheter de belles baskets ou des jeux vidéo, ou pour aller au restaurant. Et aussi pour payer un bout de leur maison tous les mois. Ses parents lui avaient dit un jour qu'ils auraient fini de la payer tout entière seulement quand il serait grand, alors Petit Hector s'était promis qu'il y resterait longtemps pour bien en profiter.

Heureusement, il savait que ses parents en gagnaient, de l'argent. Maintenant, il avait compris que les gens qu'aidait son papa lui en donnaient. C'était normal : sinon, comment il aurait trouvé le temps d'en gagner par ailleurs ? Et sa maman en gagnait aussi quand elle faisait des présentations. Mais ils n'en parlaient pas tellement.

Un jour qu'ils prenaient tous les trois le petit déjeuner dans la cuisine, Petit Hector a demandé à son papa et à sa maman combien ils gagnaient. Son papa le regarda d'un air étonné.

— Pourquoi tu nous demandes ça, Petit Hector ?

— Parce qu'à l'école, il y a qui disent combien gagnent leurs parents.

— Ils ne devraient pas, dit sa maman. Leurs parents ne devraient pas leur dire.

— Pourquoi ?, demanda Petit Hector.

Ses parents se regardèrent.

— Parce que vous aurez bien le temps d'y penser plus tard, dit sa maman. Maintenant, mieux vaut vous occuper d'apprendre la Vie, de travailler à l'école.

— Mais l'argent, ça fait partie de la Vie, non ?

Sa maman soupira.

— Oui, mais…

Son papa eut l'air de réfléchir et dit :

— Si les enfants commencent à s'intéresser à ce que gagnent leurs parents, ils vont s'apercevoir que certains gagnent beaucoup plus ou beaucoup moins que d'autres, d'accord ?

— Oui.

C'était vrai. À l'école, quand d'autres le lui avaient demandé, Arthur avait dit combien gagnait son papa en aidant les gens pour leurs impôts et leurs problèmes d'argent justement. Tous les autres qui savaient combien gagnaient leurs parents s'étaient aperçus qu'ils en gagnaient moins que le papa d'Arthur ! Et ils s'étaient sentis tristes ou un peu jaloux, Petit Hector l'avait remarqué. Heureusement qu'Orhan, Binh et Guillaume ne savaient pas combien gagnaient leurs parents, car Petit Hector avait l'impression que c'était beaucoup moins, simplement en voyant comment ils étaient habillés, pas toujours dans les meilleures marques.

— Voilà, dit son papa. Alors, les enfants vont commencer à se dire : mes parents à moi gagnent beaucoup moins que ses parents à lui ou à elle. Finalement, je n'ai peut-être pas les Meilleurs Parents, puisqu'ils ne sont pas capables de gagner de l'argent. Les autres ont plus de chance que moi.

— C'est pas vrai ?

— Non, dit sa maman.

— Pour être heureux, il faut surtout avoir des parents qui vous aiment, dit son papa.

— Et qui s'entendent bien, dit sa maman.

Petit Hector commençait à comprendre. Arthur avait des parents qui gagnaient beaucoup d'argent, mais ils se disputaient beaucoup. Une fois, il avait dit à Petit Hector que certains jours, il se sentait triste de rentrer à la maison.

— Si on commence à comparer combien gagnent les parents des autres, alors là oui, on peut se rendre malheureux, dit son papa.

— Voilà, dit sa maman.

— Petit Hector, dans la Vie, dit son papa, un bon moyen de gâcher son bonheur, c'est de faire des comparaisons.

Sa maman sourit et prit la main de son papa. Petit Hector était très content, il sentait qu'il aurait quelque chose à noter dans son carnet ce soir.

— Mais l'argent, il faut en gagner quand même, non ?

— Bien sûr, dit son papa.

— Il faut en gagner assez pour ne pas avoir de soucis d'argent, dit sa maman.

— Mais comment on sait que c'est assez ?, demanda Petit Hector.

— Quand on gagne à peu près ce qu'on a envie de dépenser, dit sa maman en riant un peu.

— Oui, mais comment on le sait ? Et si on a envie de dépenser trois fois plus ?

Ses parents se regardèrent.

— Petit Hector, dit son papa, est-ce que tu serais plus heureux si on avait une maison trois fois plus grande ? Ou si tu pouvais t'acheter trois fois plus de jeux vidéo ?

Petit Hector réfléchit. Il essaya de s'imaginer dans une maison trois fois plus grande, avec trois fois plus de jeux vidéo. En fait, il s'aperçut que c'était un peu avoir la vie d'Arthur, dont les parents avaient une grande maison. Arthur avait tellement de jeux vidéo qu'il n'avait même pas le temps de les connaître assez pour arriver au meilleur niveau.

— Peut-être que non, dit Petit Hector.

— Et puis, dit Maman, si tu pensais comme ça, tu aurais peut-être envie d'avoir encore trois fois plus, et donc neuf fois plus que maintenant !

— Et encore trois fois plus !, dit Petit Hector. Vingt-sept fois plus que maintenant !

— Et pourquoi pas encore trois fois plus. Ça ferait quatre-vingt-une fois plus !, ajouta son papa.

— Et après deux cent quarante-trois fois plus !

— Et après sept cent vingt-neuf fois plus !

Petit Hector et ses parents continuèrent comme ça pendant quelque temps jusqu'à ce que les multiplications deviennent impossibles à faire de tête. Il se tordait de rire.

Il avait compris : ce n'était pas en gagnant encore plus d'argent qu'on devenait plus heureux. Son papa dit que certaines personnes qu'il aidait gagnaient déjà beaucoup d'argent, mais étaient malheureuses parce qu'elles connaissaient d'autres gens qui en gagnaient trois fois plus qu'elles.

— L'important, c'est d'avoir un travail qu'on aime, dit son papa.

— Et aussi l'impression qu'on vous paye à peu près assez pour ce que vous faites, dit sa maman.

Petit Hector comprenait. C'était un peu comme d'avoir la note qu'on mérite à l'école. Si le maître donnait une note moyenne alors qu'on pensait avoir bien travaillé, on était triste ou on le détestait.

— Mais si ce qu'on aime c'est gagner de l'argent ?, demanda Petit Hector.

— Alors, il vaut mieux travailler directement dans l'argent, dit son papa.

— Comme le papa d'Arthur ?

— Voilà.

— Mais Arthur, plus tard, il veut dessiner des robes pour les filles.

Son papa et sa maman se regardèrent.

— Il a raison, dit sa maman, si c'est ce qui le rend le plus heureux.

— Enfin, il a le temps de voir, dit son papa.

C'était bizarre, chaque fois que Petit Hector racontait qu'Arthur avait envie de dessiner des robes pour les filles, ça avait l'air de faire réfléchir ses parents. Mais quand lui disait comme la dernière fois que, quand il serait grand, il voulait devenir espion, ça les faisait plutôt rigoler.

Pourtant, espion, ça lui paraissait plus sérieux que de dessiner des robes pour les filles. Il allait leur poser la question, mais le petit déjeuner se terminait, ce n'était plus le moment.

Le soir, dans son petit carnet, Petit Hector écrivit :

Un bon moyen de gâcher son bonheur, c'est de faire des comparaisons.

Gagner trois fois plus, ça peut donner envie de gagner encore trois fois plus et encore trois fois plus.

Après, il écrivit toutes les multiplications qu'ils avaient faites, et puis encore d'autres, jusqu'à ce qu'il arrive au chiffre qui était un peu le même que l'argent que gagnait le papa d'Arthur.

Petit Hector va à un goûter

Aujourd'hui, c'était amusant parce que Petit Hector était invité à goûter chez Arthur, justement.

Sa maman l'amena en voiture. Petit Hector était bien content : c'était comme quand il était seul avec elle le dimanche pour aller à la messe, alors que là, on était samedi, et ça recommencerait le lendemain.

Ils arrivèrent devant la grande maison des parents d'Arthur. Elle était deux ou trois fois plus grande que celle des parents de Petit Hector. Dans le jardin, il reconnut la grosse voiture du papa d'Arthur, d'une belle couleur argent, la même couleur que celui qu'il gagnait en aidant les gens.

La maman d'Arthur ouvrit la porte. C'était drôle : elle portait un tablier comme si elle était en train de faire la cuisine. Et les deux mamans se mirent à se parler gentiment, pendant que Petit Hector se précipitait dans le salon, où il y avait tous ses copains et plein de gâteaux et de sandwiches pour le goûter. Tous ses copains ? En fait, non : Arthur était là bien sûr, Binh également, mais ni Orhan ni Guillaume. Hector demanda quand ils allaient arriver. Arthur était embarrassé : ses parents avaient oublié d'appeler ceux d'Orhan et de Guillaume. Et maintenant, il était trop tard.

— Peut-être qu'ils vont venir quand même, dit Petit Hector.

— J'espère bien, répondit Arthur.

Mais Petit Hector trouvait qu'il avait l'air très embêté, un peu comme son papa quand il lui avait parlé de la maman d'Arthur qui voulait être sa bonne amie et que son papa avait dit de n'en parler à personne. Arthur connaissait un autre secret, mais lequel ?

On pouvait quand même s'amuser et il y avait d'autres enfants qu'il ne connaissait pas : des voisins d'Arthur, qui avaient des shorts assez longs et des chaussettes blanches, et puis deux cousines d'Arthur, des filles un peu plus grandes que lui et qui étaient dans une école que pour les filles où on allait à la messe avec ses parents tous les vendredis, en plus du dimanche, et aussi trois filles de l'école, avec qui Arthur allait souvent jouer. Même qu'il leur faisait des dessins de robes qu'elles aimaient beaucoup. Bien sûr, Binh était là, ce qui fait qu'il y avait trois Fantastiques sur cinq et que les deux autres allaient peut-être arriver.

Petit Hector commença à parler aux deux garçons qu'il ne connaissait pas, en leur demandant pourquoi ils avaient ces shorts longs et ces chaussettes blanches, mais ils ne le prirent pas très bien. Dans leur école, c'était comme ça, répondirent-ils, et c'était une très bonne école. Petit Hector se dit qu'on avait déjà dû se moquer d'eux ; c'était pour ça qu'ils étaient devenus sensibles sur la question. Après, il leur demanda le nom des jeux vidéo qu'ils connaissaient, et là, surprise, ils n'en connaissaient aucun. Leurs parents ne voulaient pas qu'ils y jouent ; c'était mauvais pour les enfants, tous les parents auraient dû le savoir. Hector sentit encore qu'il avait fait une gaffe. Alors, il se tourna vers les deux cousines d'Arthur qui étaient sur le canapé à chuchoter entre elles et à se moquer un peu de tout le monde. Il leur demanda si elles ne s'ennuyaient pas à la messe. Deux fois par semaine, ça paraissait beaucoup !

— Oh non, dit l'une, qui avait des nattes et l'air sérieux. On communie avec Notre Seigneur.

— Moi, je m'ennuie tout de même un peu, dit l'autre, qui avait une queue-de-cheval et l'air plus rigolo.

— Et moi, je suis content quand j'entends « Agneau de Dieu », lança Petit Hector, parce que je sais qu'on n'en a plus pour longtemps !

— Ah oui, c'est vrai, ça !, dit la rigolote, qui s'appelait Annie.

— Ce n'est pas bien de s'ennuyer à la messe, reprit la sérieuse.

Elle s'appelait Carole et était plus grande que l'autre. Petit Hector remarqua même qu'elle avait des nénés sous son pull, comme les grandes. Ça lui fit un drôle d'effet parce qu'il avait envie de regarder et, en même temps, il sentait bien que ça ne se faisait pas, surtout qu'elle avait l'air vraiment sérieuse.

— D'accord, mais si on se tient bien et si personne ne s'en aperçoit ?, dit Petit Hector, en essayant de ne pas la regarder.

— Le Bon Dieu le voit, et ça lui fait de la peine.

— Peut-être qu'il comprend, dit Petit Hector.

— Ce qui compte le plus, ce sont les bonnes actions, dit Annie. Le prêtre, au catéchisme, il a dit ça.

— Mais s'ennuyer à la messe, c'est quand même un péché, ajouta Carole.

Ça fatiguait un peu Petit Hector de parler avec elle, mais pas avec Annie. Alors, il lui demanda si elle voulait jouer avec lui.

— À quoi ?, demanda-t-elle.

C'était une bonne question. Il y avait plein de bonnes choses à manger sur la table et aussi des fauteuils magnifiques, une cheminée dans laquelle on aurait pu dormir, mais pas de jouets ni de jeux vidéo.

À ce moment-là, la maman d'Arthur arriva et annonça :

— Les enfants, il fait beau, vous pouvez aller jouer dans le jardin.

Et tout le monde se précipita dans le jardin, qui était très grand aussi et avait même des arbres. C'était super : il y avait des balançoires, un petit cheval en bois qui se balançait quand on montait dessus, un hamac, des ballons, une petite table et des chaises, et même une petite maison en bois, peinte de toutes les couleurs, avec des fenêtres et des volets. Les voisins d'Arthur décidèrent qu'ils étaient les cow-boys et Petit Hector, Arthur et Binh les Indiens ; la maison, c'était leur fort, et les Indiens tournaient autour et ils se tiraient dessus. De temps en temps, il y en avait un qui tombait parce qu'il était mort. Arthur ne joua pas très longtemps à ça et rejoignit les filles qui s'étaient assises autour de la table. Elles jouaient à « les parents reçoivent des invités à dîner » et elles faisaient semblant d'apporter des plats. Les invités disaient « c'est trop cuit », « c'est froid » ou encore « il y a encore du caca dans le boudin », et tout le monde se tordait de rire.

Finalement, les voisins sortirent de la petite maison en bois. Binh et Petit Hector y rentrèrent : c'était leur tour de défendre leur fort, mais les voisins essayèrent d'entrer et de les pousser dehors. Petit Hector vit arriver le moment où Binh allait commencer à les taper. Alors, il appela Arthur. On s'expliqua et Arthur dit que sa maman ne voulait pas qu'on se bagarre. Après quoi, tout le monde se calma, mais Petit Hector sentit que les voisins et eux ne seraient jamais copains.

Ils allèrent vers les balançoires où tout le monde commença à jouer, même les filles. À un moment, Petit Hector et Binh étaient descendus des balançoires et ils regardaient les deux sœurs qui se balançaient très haut dans les airs. De temps en temps, ils pouvaient voir leur culotte, surtout celle de Carole qui ressemblait vraiment à une grande.

— C'est bizarre, dit Binh, quand je vois ça, mon zizi devient dur et ça me fait tout drôle.

— Moi aussi !, dit Petit Hector.

Ça lui arrivait quand il rêvait à des sirènes et qu'il imaginait leur poitrine, pas comme dans les livres où c'est toujours caché par les cheveux, ou quand il voyait des filles plus grandes qu'Amandine. Mais il ne comprenait pas pourquoi son zizi devenait dur et il pensait être le seul au monde à qui ça arrivait. Et voilà qu'il arrivait le même truc à Binh ! Incroyable ! Encore une question à poser à ses parents.

Après, la nuit commença à tomber et la maman d'Arthur les rappela à l'intérieur où elle avait encore préparé de petits sandwiches et des boissons de toutes les couleurs.

Ils mangèrent et burent un peu. La maman d'Arthur apporta des papiers et des crayons et tout le monde s'amusa à dessiner. Enfin, pas tout le monde, parce que les voisins étaient ressortis pour jouer au ballon. Binh dessinait des avions et des bateaux avec plein de canons, et Petit Hector des monstres avec des tentacules ou des araignées géantes qui faisaient crier les filles. Elles, elles dessinaient des maisons, des jardins, et Arthur ajoutait des gens dans les jardins. Il les dessinait très bien comme s'il était déjà une grande personne. Et tous les personnages qu'il dessinait étaient très bien habillés et les dames avaient de jolies robes.

La fin de la soirée approchait, Petit Hector le sentait, et il devenait un peu triste, parce que c'était une journée de plus où il ne verrait pas Amandine, et le lendemain non plus. Il avait demandé à Arthur de l'inviter, mais celui-ci avait répondu que ses parents ne connaissaient pas ceux d'Amandine. C'était une drôle de raison, parce qu'un jour, Petit Hector avait vu leurs deux mamans se parler ; celle d'Amandine avait l'air très contente de parler à celle d'Arthur, mais celle-ci moins.

Et puis, le grand-père de Binh arriva. C'était un monsieur à l'air très tranquille et qui parlait très poliment. Il avait un drôle d'accent alors que Binh pas du tout. Il dit des choses aimables à la maman d'Arthur et puis il repartit avec Binh.

Petit Hector continua de dessiner avec les filles et Arthur. À un moment, il entendit sonner à la porte d'entrée, mais il ne fit pas très attention. Ensuite, il eut envie d'aller aux toilettes, mais se perdit un peu, tourna dans l'entrée, et là, à la porte d'une autre pièce, à moitié cachés, il vit son papa et la maman d'Arthur, debout, qui se parlaient tout près en chuchotant. Son papa lui tournait un peu le dos, mais il voyait le visage de la maman d'Arthur levé vers celui de son papa. Et ce qu'il vit lui fit peur : c'était de l'Amour.

Ça lui fit un choc et il courut vite dans l'autre sens. Coup de chance, il tomba sur les toilettes et s'enferma dedans. Il s'assit sur le siège et fit pipi comme ça. Et il resta assis pour essayer de réfléchir, mais il n'y arrivait pas.

Il resta tellement longtemps qu'à la fin, il entendit des voix qui l'appelaient, celles de la maman d'Arthur, de son papa, d'Arthur, mais il ne répondit pas. Finalement, il vit la poignée de la porte des toilettes tourner et entendit la voix de la maman d'Arthur qui lui demandait s'il était là. Cette fois, il répondit que ça allait, qu'il allait sortir.

Plus tard, assis à l'arrière de la voiture, regardant son papa qui conduisait, il ne savait pas du tout quoi dire. Il n'osait même plus lui demander pourquoi son zizi devenait dur quand il rêvait ou quand il regardait les grandes. Ce dont il était sûr, c'était qu'il ne se sentait pas heureux. Le bonheur, c'était fini pour aujourd'hui.

Le soir, il écrivit dans son carnet :

Le bonheur, ça peut s'arrêter très vite.

Petit Hector devient grand

Un dimanche en fin d'après-midi, le papa de Petit Hector lisait son journal pendant que sa maman était à la gym.

— Papa ?

— Oui.

— Est-ce qu'un jour, je pourrai me marier avec Amandine ?

— Ah ça, je ne sais pas. Ça serait dans longtemps. Est-ce que vous vous aimerez toujours ?

— Oui, je l'aimerai toujours.

Son papa le regarda très sérieusement.

— C'est bien de penser ça, mais tu sais on n'est jamais sûr. Et pour elle aussi.

— Tu veux dire qu'on peut aimer beaucoup quelqu'un et puis ne plus l'aimer ?

— Oui, ça arrive. Regarde, il y a des gens qui divorcent. Pourtant, ils s'aimaient quand ils se sont mariés.

Petit Hector le savait bien, et ça l'avait fait beaucoup réfléchir.

— Est-ce que tu aimes toujours Maman ?

Son papa eut l'air très surpris.

— Bien sûr ! Pourquoi tu me poses cette question ?

Petit Hector avait du mal à parler.

— Parce que l'autre jour…

Il n'osait plus rien dire.

— L'autre jour ? Quand on s'est un peu disputé avec ta maman ?

Ses parents allaient dîner dehors, et son papa râlait un peu parce qu'elle n'était pas prête, ils étaient en retard, et elle disait que si elle était en retard, c'était parce qu'elle avait trop de choses à faire pour s'occuper des deux Hector en plus de son travail ! Petit Hector se trouvait avec la baby-sitter au salon en train de regarder des dessins animés à la télé, mais il avait tout entendu et, pour lui, ça n'était pas grave, ce n'était pas une Vraie Dispute.

— Non. L'autre jour quand…

— Quand quoi ?

— Au goûter… chez Arthur.

Voilà, c'était sorti. Il vit que son papa réfléchissait très fort, et soudain, ça y était, il avait compris.

— Tu m'as vu avec la maman d'Arthur ?

— Oui.

— Et alors, je lui parlais.

— Oui, mais vous vous parliez de tout près !

— Non, pas tellement.

— Et puis vous chuchotiez pour pas qu'on vous entende !

— C'était pour ne pas vous déranger.

— On était loin.

— Il y a peut-être des choses que les grandes personnes ne veulent pas que les enfants entendent.

— Quoi, par exemple ?

Petit Hector était tout près de pleurer, son papa l'avait remarqué.

— Petit Hector, je ne peux pas tout te raconter, il y a des choses que tu ne comprendrais que plus tard. Tu comprends ?

— Non !

Son papa réfléchit à nouveau.

— Bon, ce que je peux te dire, c'est que j'aime ta maman, que je ne veux jamais qu'on se quitte. Ça, tu comprends ?

— Oui…

— De toute façon, la maman d'Arthur n'est pas ma bonne amie. Même si elle le voulait, moi je ne voudrais pas. Tu comprends ?

— Oui.

— Mais n'en parle jamais à Arthur, parce que sa maman ne va jamais devenir ma bonne amie, et lui, il s'inquiéterait pour rien. Tu comprends ?

— Oui.

— Donc, tu n'as pas de raison de te faire du souci. La preuve c'est que quand je la verrai, ça sera seulement à la sortie de l'école. Et tu seras toujours là. Tu comprends ?

— Oui.

— Alors, j'aimerais que tu arrêtes de te faire du souci, parce que ça n'arrivera jamais que ta maman et moi, on se quitte.

— Oui, mais tout à l'heure tu as dit qu'on n'était jamais sûr…

— Oui, mais nous, ta maman et moi, on est grands et on est sûrs.

— Bon.

Petit Hector se sentit rassuré. Son papa avait l'air pas du tout gêné. Donc, il disait la vérité. La maman d'Arthur avait peut-être voulu être sa bonne amie, même si sa voiture était beaucoup moins belle que celle du papa d'Arthur, mais, lui, il ne voulait pas, un peu comme avec Claire. Son papa avec sa maman, c'était comme lui avec Amandine, ça durerait toujours.

— Très bien, dit son papa. Et maintenant, je vais te demander la même chose que l'autre jour. Sinon, ta maman va se faire du souci.

— C'est un secret ?

— Exactement. Si tu t'inquiètes, tu m'en parles, mais pas à ta maman. C'est un sujet entre hommes. Tu comprends ? Il y a des sujets seulement entre hommes, entre garçons si tu veux. Et d'autres seulement entre filles. Tu comprends ?

— Oui.

— Garder un secret, ça veut dire qu'on est devenu grand. Tu comprends ?

— Oui.

— Il y a une autre question qui te tracasse ?

— Oui.

— Ah bon ? Laquelle ?

— Pourquoi mon zizi devient tout dur, des fois ?

Son papa eut l'air soulagé, comme s'il avait entendu une bonne nouvelle.

— Ah ça, je vais t'expliquer…

Le soir, Petit Hector écrivit dans son carnet :

Garder un secret, ça veut dire qu'on est devenu grand.

Quand le zizi devient tout dur, c'est pour être prêt à faire des bébés plus tard.

C'est l'Amour.

Si on s'aime beaucoup, c'est pour toujours.

Petit Hector et les religions

Le lundi à l'école, ils étaient là tous les cinq, Hector, Arthur, Binh et aussi Guillaume et Orhan qui n'étaient pas allés au pique-nique chez Arthur.

Petit Hector leur dit que c'était bien dommage qu'ils n'aient pas pu venir. Orhan ne dit rien, mais Petit Hector vit qu'il avait l'air un peu triste. Et Guillaume dit : « Moi, je ne savais pas ! » Arthur se lança alors dans une explication pas claire du tout comme quoi le pique-nique s'était décidé au dernier moment et que ses parents n'avaient pas réussi à téléphoner aux parents de Guillaume. Binh dit que la prochaine fois, s'il faisait un goûter chez lui, il n'avait qu'à les prévenir lui-même, comme ça, il n'y aurait pas d'histoires entre parents.

Arthur avait l'air embêté, et Petit Hector se dit qu'il avait peut-être gaffé en parlant du goûter chez Arthur, mais personne ne lui avait dit que c'était un secret.

Ce jour-là, le maître se mit à parler des religions.

Petit Hector était content, car il se posait de plus en plus de questions sur le sujet. Il allait à la messe avec sa maman, mais il savait qu'aucun des quatre autres Fantastiques n'y allait.

Il se demandait s'ils croyaient en Notre Seigneur ou en un autre Dieu, comme les Kikuyus, ou en alors rien du tout.

Il y avait des religions mortes. Personne n'y croyait plus. Et du coup, les dieux étaient morts aussi, comme les dieux grecs que leur maître leur avait montrés sur les peintures au musée.

— Mais comment on sait qu'un dieu est mort ?, demanda Binh.

Le maître eut l'air de réfléchir.

— Eh bien, personne ne croit plus en eux.

Petit Hector trouva que ça ne suffisait pas. Après tout, quelqu'un peut être vivant quelque part, même si tout le monde pense qu'il est mort. On n'avait jamais revu les grandes sœurs du papa de Binh emmenées par les pirates, mais ça ne voulait pas dire qu'elles n'étaient pas vivantes quelque part. Pourquoi pas les dieux grecs ? Comment savoir s'ils n'étaient pas toujours vivants quelque part ?

Mais le maître avait commencé à parler des religions vivantes. Alors, ce n'était plus le moment de poser une autre question.

Celle de Jésus bien sûr. Il expliqua qu'il y avait plusieurs variantes, par exemple l'une où on priait aussi sa maman, et une autre où on ne la priait pas.

Les parents de Guillaume étaient de cette variante-là, la religion qu'on appelait protestante, parce qu'ils avaient protesté contre l'autre justement, la première tendance, celle avec le pape. Guillaume allait bien dans une sorte d'église avec ses parents, mais là ce n'était pas comme à la messe et il n'y avait pas de statues de saints sur les murs, et ça ne s'appelait pas la messe, mais le culte.

Dans les religions, il y avait aussi celle de Mahomet. Il était arrivé quelques siècles après Jésus, et il avait écrit lui-même un livre. Jésus, lui, n'avait rien écrit, il avait juste laissé ses amis prendre des notes. Et pour les gens qui croyaient à la religion de Mahomet, ce livre-là, c'était la parole de Dieu en direct.

Orhan et ses parents croyaient à cette religion. Et dans le livre de Mahomet, on disait aussi que Jésus était important, mais bien sûr pas autant que pour ceux de la religion de Jésus. Petit Hector savait qu'on parlait beaucoup de la religion de Mahomet, parce que certaines personnes qui y croyaient très fort avaient tendance à se faire sauter avec des bombes, même au milieu de gens de la même religion qu'eux, parce qu'ils trouvaient que ceux-ci ne croyaient pas assez fort à Mahomet et que ça leur apprendrait ! On en parlait tout le temps à la télé.

Le maître expliqua qu'il y avait bien longtemps, les gens qui croyaient en Jésus s'étaient aussi fait la guerre au nom de Jésus, chacun trouvant que l'autre ne croyait pas de la bonne manière. Et ils tuaient même les bébés de la religion d'en face.

Petit Hector sentit que, pendant toutes ces explications, Orhan était embêté.

À la récré, il lui demanda pourquoi :

— Parce que j'ai peur qu'on nous prenne pour ceux qui font sauter des bombes.

Comment on pouvait prendre le papa d'Orhan pour quelqu'un qui fait sauter des bombes ? Il construisait des maisons !

— Je sais bien, dit Orhan, mais tu sais, les gens…

— Et tes parents, ils y croient vraiment à Mahomet ?

— Oui, ils vont à la mosquée.

— Et toi, tu y vas ?

— Oui, avec mon papa.

— Toutes les semaines ?

— Non, de temps en temps.

Les parents d'Orhan croyaient à une religion où l'on va à une sorte de messe seulement de temps en temps ! Petit Hector se dit qu'Orhan avait beaucoup de chance.

— Mon grand-père, il y va tous les vendredis, dit Orhan. Et un de mes cousins, tous les jours !

Petit Hector comprit que ce n'était pas une question de religion, ça dépendait des gens.

Après la récré, le maître parla de Bouddha. Il ressemblait beaucoup à Jésus : comme lui il n'écrivait rien et il laissait juste ses amis prendre des notes, mais lui, il était allé au paradis de son vivant. Ça s'appelait le Nirvana. Comme Jésus aussi, Bouddha était d'accord pour que même les femmes viennent l'écouter. À l'époque, c'était une grande nouveauté parce qu'on pensait qu'elles devaient juste s'occuper des bébés et faire le ménage à la maison ou encore travailler dans les rizières pendant que les hommes se reposaient. Après être arrivé au Nirvana, Bouddha avait encore vécu beaucoup d'années pour aider les autres à y arriver aussi. Finalement, il était mort bien tranquillement, pas du tout comme Jésus.

Comme dans la religion de Jésus et de Mahomet, il y avait plusieurs tendances : certains pensaient que Bouddha avait disparu pour de bon comme une bougie qui s'éteint, d'autres au contraire que Bouddha était si bon qu'il était forcément resté quelque part au Ciel pour nous aider à trouver le Nirvana. Bouddha aussi disait que nous sommes tous frères, même nos ennemis, et qu'il ne faut jamais les taper. Il ne fallait pas non plus tuer les bêtes. Là aussi, il y avait longtemps, des pays croyant en la religion de Bouddha s'étaient fait des guerres entre eux. Ils avaient même brûlé leurs pagodes et avaient tué les prisonniers !

À la récré suivante, Petit Hector et ses copains commencèrent à parler de Jésus, Bouddha, Mahomet. Si on ajoutait Hercule qui était un peu un dieu aussi et celui des Kikuyus, dont Petit Hector leur avait parlé, cela faisait cinq. Ils se demandaient s'ils ne pouvaient pas inventer une histoire avec les dieux un peu comme celle des Cinq Fantastiques.

Arthur dit que non, il ne fallait pas plaisanter avec les religions.

— Pourquoi ?, demanda Petit Hector.

— Mon papa dit qu'il ne faut jamais plaisanter avec les religions.

Petit Hector se souvenait de lui et de ses gros sourcils. S'il le disait, ça ne donnait pas envie de plaisanter.

Mais de quelle religion il était, d'abord, le papa d'Arthur ?

De celle de Jésus. Enfin, des gens qui croyaient à Jésus, mais la maman d'Arthur, elle était directement de la religion de Jésus lui-même, enfin celle des ancêtres de Jésus. Aujourd'hui, c'était compliqué, avait expliqué le maître, les gens de la religion de Jésus croyaient que Jésus était le fils de Dieu et ceux de la religion des ancêtres de Jésus non. Ils attendaient un autre Jésus qui n'était pas encore venu. La mère d'Arthur était de cette religion-là.

— Et toi ?, demanda Guillaume, tu es de laquelle ?

— Aucune, dit Arthur.

Comme ses parents ne voulaient pas faire d'histoires avec les leurs, qui étaient de deux religions différentes, ils avaient décidé qu'Arthur n'en aurait aucune, pour ne pas faire de jaloux.

— Mais toi, tu crois en Dieu ?, demanda Orhan.

— Des fois, je prie, dit Arthur.

— Quel genre de prière ?, demanda Petit Hector.

Si Arthur n'avait appris aucune prière, comment il pouvait prier ?

— Ça dépend, dit Arthur.

— Ça dépend de quoi ?

— D'avec quelle grand-mère je suis, dit Arthur.

C'était un peu comme si Arthur avait eu deux religions.

L'histoire d'Arthur qui priait à la manière tantôt d'une grand-mère tantôt d'une autre fit beaucoup réfléchir Petit Hector : lui aussi, il priait Jésus comme sa maman, et Guillaume aussi comme ses parents mais à la manière sans la Vierge Marie. Orhan priait Mahomet parce que ses parents le priaient et Binh Bouddha de temps en temps comme ses parents ou ses grands-parents.

Donc, la religion aussi, ça venait des parents.

Le soir, il écrivit dans son petit carnet :

La religion, ça vient des parents. Donc, on n'a pas de mérite à choisir la meilleure.

Oui, mais quelle était la meilleure ?

Celle de sa maman forcément.

Mais ses copains pensaient la même chose de la religion de la leur, sauf Arthur qui n'avait pas à choisir.

Petit Hector se mit à réfléchir, à réfléchir, au point qu'il n'arrivait plus à dormir.

À la fin, il sortit de sa chambre et descendit l'escalier. Son papa et sa maman lisaient dans le salon.

— Mais c'est l'heure de dormir !, dit son papa.

— Qu'est-ce qui se passe ?, demanda sa maman.

— J'ai du mal à dormir.

— Tu as encore des soucis ?

— Non, mais je me demande à propos des religions.

— Des religions ?

Le papa de Petit Hector regarda sa maman car la religion, c'était plutôt son sujet à elle.

— Voilà, dit Petit Hector. Pourquoi le Bon Dieu n'a pas fait que tout le monde ait la même religion, puisqu'il sait forcément quelle est la meilleure, lui !

Il y eut un silence.

— Excellent, dit son papa.

Sa maman, elle, avait l'air de se faire du souci.

— C'est une question bien difficile, dit-elle. Et il est bien tard. On en parlera quand on ira à la messe.

— Bon, d'accord.

Et Petit Hector retourna se coucher.

Maintenant, il se sentait bien puisqu'il savait que sa maman lui donnerait la réponse dimanche prochain.

Petit Hector apprend la différence

Avec Amandine, c'était le bonheur, mais un bonheur pas suffisant, trouvait Petit Hector. Ils se voyaient toujours aux récréations, au milieu des autres, et même si tout le monde savait qu'Amandine était sa bonne amie, ils ne pouvaient pas beaucoup se parler ni se faire des bisous.

Petit Hector se disait qu'il fallait inviter Amandine à la maison. Comme ça, elle verrait qu'il avait un beau jardin, une jolie maison (pas aussi grande que celle des parents d'Arthur, bien sûr, mais quand même pas mal) et les Meilleurs Parents du Monde, et elle l'aimerait encore plus. Surtout, et Petit Hector en rêvait, ils pourraient se retrouver tout seuls et se faire des bisous. Maintenant, il arrivait à s'imaginer tout seul avec Amandine sans faire un bond et s'exclamer : « Mon Dieu ! »

Un jour, il réussit à sortir exactement en même temps qu'elle à la fin de la classe et à marcher à côté d'elle vers la sortie.

— Maman va nous voir !, dit Amandine, l'air un peu inquiet.

— Oui, elle va nous voir, et alors ?

Petit Hector se souvenait de ce que disait son papa : avec les filles, il ne faut jamais avoir l'air d'avoir peur, même quand on a la trouille.

À la sortie, il aperçut la maman d'Amandine. Sa fille lui ressemblait un peu et sûrement encore plus quand elle serait grande. Mais Petit Hector avait remarqué qu'elle, elle ne ressemblait pas tout à fait aux autres mamans : elle avait des cheveux teints en rouge, une jolie guirlande de fleurs tatouée sur le bras qui lui descendait jusqu'à la main et des bijoux dont il se demandait si elle ne les fabriquait pas à la maison juste avant de venir chercher Amandine à l'école. Parfois, elle portait même des sabots, comme les bergères dans les livres de Petit Hector. Mais bon, ça ne devait pas l'empêcher de la connaître, contrairement à la maman d'Arthur qui, Petit Hector l'avait remarqué, n'aimait pas trop parler à cette dame.

Il aperçut aussi sa maman, toujours bien habillée et bien coiffée, elle. Et il sentit son cœur battre en pensant qu'il avait vraiment la Plus Jolie Maman du Monde. Et alors, il prit la main d'Amandine et il alla droit vers sa maman en disant :

— C'est Amandine. Est-ce qu'on peut l'inviter à la maison ?

Sa maman dit qu'il fallait d'abord demander à celle d'Amandine. Justement, elle s'était approchée, et les deux mamans se mirent à se parler. Petit Hector était très content. En même temps, comme il connaissait bien sa maman, il se rendait bien compte que, même si elle avait l'air contente, elle ne l'était sans doute pas autant que celle d'Amandine.

Finalement, on décida qu'il y aurait un goûter chez Petit Hector, avec d'autres petits camarades des deux, mais qu'il fallait un peu de temps pour organiser ça. Et donc, en attendant, la maman d'Amandine proposa qu'Hector vienne déjeuner chez elle le lendemain. Ils habitaient tout près de l'école et Amandine rentrait au lieu d'aller à la cantine. La maman de Petit Hector accepta et il faillit sauter de joie. Amandine, elle, avait l'air un peu effrayée, comme tout à l'heure.

Petit Hector se croyait dans un rêve : demain, il allait déjeuner chez Amandine !

Plus tard, dans la voiture, il dit à sa maman :

— Maman, je suis très très content !

— J'espère que ça se passera bien, dit-elle.

— Bien sûr, dit Petit Hector.

— Tu me raconteras.

— Bien sûr.

En même temps, il se dit que non, peut-être pas. S'il faisait des bisous à Amandine ou si son zizi devenait tout dur, ça, il ne le raconterait pas. Ou alors, seulement à son papa. C'était une affaire entre hommes, comme il avait dit.

Le lendemain, quand la maman d'Amandine vint les chercher, elle portait un truc encore plus bizarre : elle avait une robe et, dessous, une sorte de pantalon très collant.

Amandine habitait dans un immeuble assez ancien, où il n'y avait pas d'ascenseur, juste un grand escalier en bois. C'était très joli, surtout qu'à chaque étage, les habitants avaient fait de beaux dessins sur les portes de leur appartement, avec des fleurs, des animaux. On voyait même des textes que Petit Hector ne comprenait pas bien.

Comme Amandine et sa maman habitaient au dernier étage, tout le monde était un peu essoufflé en arrivant, surtout la maman d'Amandine. Petit Hector avait remarqué qu'à la sortie de l'école, elle fumait, et ça, il savait que c'était très mauvais pour la santé et qu'il ne fallait jamais commencer, même pas une cigarette, parce que son papa disait qu'après, ça devenait pareil que la Drogue.

L'appartement était un peu étonnant aussi. D'abord, Petit Hector trouva que ça ressemblait un peu à sa chambre quand elle était très mal rangée, quand il y avait trop de choses par terre et que sa maman se fâchait pour qu'il range sa chambre.

— Et voilà, dit la maman d'Amandine. Bon, moi, je vais à la cuisine. Montre l'appartement à ton ami.

Et Petit Hector se retrouva seul avec Amandine. Il ne fallait pas perdre de temps pour lui faire un bisou, mais en même temps, c'était un peu difficile au milieu de la salle de séjour. Et puis, il y avait de drôles d'objets, un peu comme des cacas géants, mais peints en rose, en vert ou en bleu. On aurait pu s'asseoir dessus ou bien mettre son manteau sur d'autres, mais on voyait bien que ce n'étaient pas des chaises ou des portemanteaux.

— Ça, c'est les sculptures de Papa, dit Amandine.

Petit Hector comprit qu'il était sculpteur, mais c'était difficile à deviner du premier coup, si on ne vous le disait pas. Il était rudement content de ne pas avoir avoué la première idée qu'il avait eue : des cacas géants, et même des cacas de tyrannosaures qui auraient mangé de la peinture de différentes couleurs. Il était sûr que ses copains se seraient pliés de rire, mais bien sûr pas Amandine. Et il vit même qu'elle le regardait comme pour voir s'il ne rigolait pas. Beaucoup de gens devaient se moquer des sculptures de son papa. Alors, il dit :

— C'est très beau !

Et hop, il fit un bisou à Amandine et il vit qu'elle avait une petite larme.

Après quoi, elle lui fit visiter l'appartement en faisant attention à ne pas marcher sur toutes les choses qui étaient par terre, des dossiers un peu comme les impôts, des outils, des caisses en carton – des choses de l'appartement d'avant, expliqua-t-elle –, des piles de CD et de DVD, et même un grand caleçon dont il était difficile de savoir s'il était au papa ou à la maman d'Amandine.

Finalement, ils arrivèrent dans sa chambre. Là, c'était bizarre : c'était assez bien rangé. Amandine avait découpé plein de jolies photos dans les journaux, qu'elle avait accrochées au mur, des paysages, des animaux, des photos d'elle aussi et de tableaux. Sur le lit, on voyait plein de peluches de toutes les couleurs, et surtout, un énorme chien aussi gros qu'Amandine, avec de grandes oreilles qui tombaient, comme son œil un peu aussi.

— C'est Yeats, dit Amandine. Quand je dors, je le tiens et alors je dors mieux, je n'ai pas peur.

— Tu as peur ?

— Oui, la nuit, j'ai peur.

— Si on dormait ensemble, on se tiendrait, tu n'aurais pas peur.

Amandine le regarda, il la regarda, et Petit Hector sentit tout l'amour qu'il y avait entre eux. Alors, ils se prirent dans les bras et ils restèrent comme ça.

— Les enfants, à table !

Ils se retrouvèrent dans la cuisine, pas très bien rangée non plus, mais assez amusante avec plein de photos au mur où on voyait Amandine quand elle était plus petite, ses parents qui souriaient avec d'autres amis. Le papa était un grand monsieur barbu qui avait toujours l'air de rigoler.

La maman d'Amandine avait fait des pâtes avec une sauce à la tomate dont le pot était resté ouvert sur la table. En général, Petit Hector n'aimait pas les pâtes. À la rigueur, les petites dans la soupe, en forme de lettres. Mais bon, il mangea en faisant semblant de trouver ça délicieux. La maman d'Amandine s'était ouvert une bière. Et pour eux, il y avait de l'eau avec du sirop d'orange.

— Comme vous êtes mignons !, dit-elle.

Elle avait l'air très contente et elle alluma une cigarette.

— Maman, dit Amandine, Papa dit qu'il ne faut pas fumer.

— Oh, celui-là, toujours à faire la leçon ! Tu ne vas pas te mettre à parler comme lui !

— Maman !, dit Amandine.

Et Petit Hector vit qu'elle allait pleurer.

— Bon, dit la mère d'Amandine, puisque c'est comme ça, je vais fumer sur le balcon.

Elle prit sa bouteille de bière et fila dans la salle de séjour. Petit Hector entendit le bruit d'une fenêtre qui s'ouvrait et il y eut un courant d'air jusque dans la cuisine qui fit se balancer de drôles de trucs au plafond : on aurait dit des chauves-souris congelées et un peu brûlées aussi. Cette fois, il devina tout de suite que c'était aussi des sculptures du papa d'Amandine.

Et ils se retrouvèrent tout seuls à la cuisine. Amandine alla ouvrir le réfrigérateur. Il n'y avait pas grand-chose dedans, remarqua Petit Hector, pas comme chez lui, où quand on l'ouvrait, on faisait presque toujours tomber une boîte ou un pot. Mais Amandine ouvrit la porte du congélateur et en retira un gros pot de glace au caramel qu'elle rapporta sur la table juste entre eux. Il était entamé et on voyait les traces des coups de cuiller dedans. Alors, ils continuèrent à creuser dedans. Ils s'amusaient à dessiner des pistes, tout en savourant la glace et en se regardant. C'était le bonheur.

Ils entendirent la porte de l'appartement s'ouvrir et des bruits de pas, lourds, et une voix :

— Quelqu'un à la maison ?

— C'est Papa, dit Amandine.

Au lieu de sauter de sa chaise, comme aurait fait Petit Hector quand son papa arrivait, elle continua à manger sa glace, ou plutôt, elle arrêta de manger sa glace et resta sans bouger.

Finalement, le papa arriva dans la cuisine. Il était comme sur les photos, grand et barbu, et Petit Hector remarqua qu'il avait les mêmes yeux qu'Amandine.

— Amandine, mais qui est ce gentil petit garçon ?

— Petit Hector, Papa.

— Bonjour, Petit Hector, dit le papa d'Amandine, en lui tendant la main comme à une grande personne.

— Bonjour, Monsieur.

— Alors, vous vous entendez bien, les enfants ?

Petit Hector voulut dire : « Oui, on va se marier. » Mais il se retint : il sentait que c'était trop tôt, les parents d'Amandine ne le connaissaient pas encore.

— Oui, Monsieur.

— Dis donc, voilà un petit garçon bien élevé. Où est ta maman, Amandine ?

— Sur le balcon.

— Me voilà, dit la maman qui revenait du balcon.

C'était bizarre, le papa d'Amandine n'avait pas l'air content du tout de la voir.

— Bon sang, dit le papa, tu m'avais dit que tu t'étais occupée de la facture du téléphone...

— Les enfants, allez jouer dans la chambre d'Amandine, dit la maman.

Ils se retrouvèrent tous les deux dans la chambre et elle ferma la porte.

Contre le mur, il y avait un grand carton à dessins presque aussi grand qu'eux.

— Qu'est-ce que c'est ?, demanda Petit Hector.

— Ce sont les dessins de Maman, dit Amandine.

Petit Hector sentit qu'Amandine était plus à l'aise avec les dessins de sa maman qu'avec les sculptures de son papa.

— On peut les regarder ?

Amandine délia la petite ficelle du carton à dessins et ils se retrouvèrent assis sur la moquette à regarder les dessins de la maman d'Amandine.

Petit Hector n'en revenait pas : c'était magnifique ! On voyait des dames très minces avec de très belles robes, très bien dessinées. Si la maman d'Amandine s'habillait d'une drôle de façon pour elle, les robes qu'elle dessinait pour les autres, il n'en avait jamais vu d'aussi belles.

Et puis, il y avait d'autres dessins, avec des fées, des châteaux, des petits lapins, un chevalier, une princesse.

— Elle a fait ça pour un livre pour enfants, dit Amandine.

C'était très beau aussi : la princesse ressemblait un peu à Amandine, les petits lapins étaient très mignons et le paysage était un peu comme ceux qu'on voyait en rêve.

C'était de l'Art, et de l'Art très difficile. Petit Hector se dit que, même en étudiant des années, il n'arriverait jamais à dessiner comme ça, alors que les cacas de tyrannosaures, il y arriverait sûrement, et même demain !

— Tu as le livre où il y a tous les dessins ?, demanda Petit Hector.

— Non. Finalement ils n'en ont pas voulu, des dessins de maman. Ça n'a pas marché.

Petit Hector n'en revenait pas non plus que ça n'ait pas marché pour un livre. À l'école, si on travaillait bien, on avait de bonnes notes. Alors, pourquoi la mère d'Amandine, qui avait fait de si beaux dessins, on ne les prenait pas pour les mettre dans un livre que tous les enfants liraient ?

Ils étaient en train d'admirer la rencontre du chevalier et de la fée sous un grand chêne quand Petit Hector entendit la voix du papa d'Amandine qui venait de l'autre bout de l'appartement. Ça voulait dire qu'il criait très fort. Et puis, la voix de la maman d'Amandine était très forte aussi.

Amandine avait arrêté de regarder le livre, elle ne bougeait plus et ses yeux allaient bientôt laisser tomber des larmes.

Petit Hector ne comprenait pas tout ce que son papa et sa maman disaient, mais il savait que c'était une Vraie Dispute, et qu'à côté, la seule Vraie Dispute de ses parents qu'il avait entendue, ce n'était rien, un peu comme le niveau I d'un jeu vidéo. Celle qu'il entendait maintenant, c'était au moins du niveau III. En voyant Amandine qui ne bougeait plus, il se dit que ça n'était pas la première fois que ça arrivait. Ça devait même arriver assez souvent.

— Amandine !

Elle le regarda, mais sans le voir tout de suite, et puis elle sursauta en entendant son papa crier encore plus fort.

Alors, Petit Hector lui mit doucement les mains sur les oreilles, et puis, il lui fit un bisou qui dura assez longtemps. Et ils restèrent comme ça sans bouger.

Le soir, quand il rentra à la maison, sa maman lui demanda :

— Alors, ça s'est bien passé chez Amandine ?

— Très.

— Tu as fait un bon déjeuner ?

— C'est pas comme chez nous.

— Pourquoi ça ?

— C'est pas rangé.

— Ah ?

— Et y a presque rien dans le réfrigérateur.

Sa maman eut l'air de réfléchir.

— Petit Hector, c'est normal que ça ne soit pas pareil chez les autres.

Sa maman expliqua que c'était ce qu'on appelait la Différence. Et justement, il fallait apprendre à accepter la Différence : tout le monde n'était pas pareil et ne faisait pas pareil. Il y avait des gens qui rangeaient toujours tout, d'autres non ; il y avait des gens qui allaient à la messe, d'autres non, comme son papa. Tout le monde était différent et il fallait accepter la Différence.

— Tu comprends ?

— Oui.

Petit Hector se dit que s'il inquiétait sa maman avec ce qui se passait chez Amandine, peut-être qu'elle l'empêcherait d'y retourner ou même de la voir.

— Et qu'est-ce que tu as eu pour déjeuner ?

— Des pâtes.

— Ah ? Et tu les as mangées ?

— Bien sûr.

— Je suis fière de toi, Petit Hector.

— Le père d'Amandine, il est sculpteur.

— Ah ? C'est bien, ça… Quel genre de sculptures ?

— Pas comme celles du musée où on est allés.

— Ça, c'était les sculptures d'avant.

— Je préfère celles d'avant, dit Petit Hector. Mais la maman d'Amandine fait de très beaux dessins.

— Quel genre de dessins ?

— De très belles robes. Et puis, aussi des dessins de livres pour enfants.

— Ah bon ? J'aimerais bien les voir.

— Mais ils n'ont pas voulu de ses dessins pour le livre. Je ne comprends pas pourquoi, puisqu'ils sont très beaux !

— Ah, dans la Vie, tu sais, ce n'est pas si simple, dit sa maman en soupirant.

— Pourquoi ?

— Même si on fait de son mieux, ça ne marche pas toujours. Un peu comme ton papa, il fait tout ce qu'il peut pour que les gens aillent mieux, mais avec certaines personnes, ça ne marche pas bien.

Petit Hector réfléchit.

— Oui, mais toi, quand tu fais une belle présentation, tu es récompensée.

— Eh bien, pas toujours, Petit Hector, tu vois. Parfois, des gens n'aiment pas ma présentation. Et après j'ai des problèmes… mais rien de grave.

— Mais, à l'école, si je travaille bien, j'ai une bonne note.

Alors, sa maman prit un peu de temps pour lui expliquer que dans la Vie, il fallait toujours faire de son mieux, mais qu'on n'était pas toujours récompensé, et qu'il fallait toujours faire des efforts. La maman d'Amandine, peut-être qu'un jour on accepterait ses dessins.

Le soir, il voulut écrire dans son petit carnet, mais il avait du mal. Il se mit juste à écrire « Amandine » de plein de manières différentes et, à la fin, ça remplissait une page.

Après, il réfléchit encore et il écrivit :

La Différence, c'est triste.

Dans la Vie, on n'est pas toujours récompensé même si on fait des choses très bien ; alors il faut recommencer.

La sculpture, ça dépend.

Je ne veux pas qu'Amandine ait de la peine. Je ne veux pas qu'Amandine ait de la peine.

Petit Hector a des ennuis

À peine Petit Hector commençait à vivre le bonheur avec Amandine, et voilà qu'il avait des ennuis.

Mais ça ne l'étonnait pas, parce qu'il avait aussi compris que la Vie, c'était comme ça : *le bonheur, ça ne peut pas durer toujours.* Et quand tout, absolument tout allait bien, ça ne pouvait pas durer comme ça. Il y avait toujours quelque chose qui se mettait à clocher dans une des sortes de Vies.

La Vie en classe, elle, continuait à bien se passer. Petit Hector avait des bonnes notes et il arrivait à tricher pour aider Guillaume, même si c'était plus difficile car, maintenant, ils n'étaient plus assis l'un à côté de l'autre. Comment ? C'est un secret, on ne vous le dira pas.

Le maître, lui, n'avait pas l'air si heureux, même s'il était toujours gentil et que presque tout le monde l'aimait bien.

Petit Hector se disait que ça ne devait pas très bien marcher pour lui avec la maîtresse, car Arthur et lui ne les avaient plus vus ensemble dans la rue, même en prenant le même trajet que lui et en le suivant sans se faire voir. Petit Hector avait trouvé ça tellement excitant qu'il était sûr que, plus tard, il deviendrait espion pour pouvoir suivre des gens sans se faire voir ou connaître des secrets que personne ne connaissait.

Il savait que l'histoire entre le maître et la maîtresse, c'était un secret aussi, ses parents lui avaient expliqué, mais pas à Guillaume. Alors, Guillaume l'avait dit à Arthur, mais ce n'était pas grave car c'était un copain, et Arthur l'avait dit à des filles qui étaient ses copines et elles qui savaient encore moins que c'était un secret, elles l'avaient dit à d'autres. Enfin bref, toute l'école était au courant.

Petit Hector se sentait embêté car son papa lui avait dit qu'il valait mieux que ça reste un secret, et comme son papa était le Plus Fort du Monde, il avait sûrement raison.

— Bof, disait Arthur, tout le monde est au courant maintenant et il ne se passe rien de spécial.

— Quand même, dit Petit Hector.

— Moi, je trouve ça très bien s'ils s'aiment ; alors, ils se marieront et ils feront une fête, dit Amandine, et peut-être on sera invités.

— Chouette !, dit Binh.

— Moi, je ne sais pas s'ils m'inviteront, dit Guillaume, avec mes notes.

— Je ne sais pas non plus, dit Orhan, mais lui ce n'était pas à cause de ses notes, car elles étaient bonnes.

— Ils sont gentils, ils inviteront tout le monde, dit Amandine.

Maintenant, Amandine et Petit Hector ne se quittaient presque plus, même dans la cour de récré, et il jouait un peu moins avec ses copains, et elle un peu moins avec ses copines. Mais personne ne leur en voulait pour ça ; en tout cas, ça ne se voyait pas.

— Quand même, ça m'embête que tout le monde en parle, dit Petit Hector. Mon papa dit que c'est embêtant.

Alors, ils ne répondirent rien, parce que Petit Hector, depuis qu'il était devenu ami avec Amandine, les copains n'osaient pas trop discuter avec lui, un peu comme s'il était devenu plus grand qu'eux.

Le lendemain, Arthur et Petit Hector marchaient dans la rue tout près de l'école. Sa maman était d'accord pour qu'il aille goûter chez Arthur, même s'il aurait préféré aller chez Amandine. Et qu'est-ce qu'ils aperçurent ?

Victor et Bouboule qui dessinaient à toute vitesse avec des marqueurs sur un abribus. En s'approchant, ils virent ce qui était écrit : « Martin aime Sabine. » Martin et Sabine, c'étaient les noms du maître et de la maîtresse.

Pourquoi pas, vous allez dire, mais c'est qu'ils avaient aussi dessiné Martin et Sabine. Et comme ils n'étaient pas bons en dessin, ce n'était pas terrible. Le pire de tout, c'est qu'ils avaient dessiné le zizi du maître, très long, et il allait directement dans le zizi de la maîtresse !

— Arrêtez, dit Arthur, c'est dégoûtant.

— T'occupes, dit Victor.

— Oui, c'est dégoûtant, dit Petit Hector. Arrêtez !

— T'as pas eu assez de baffes ?, dit Victor.

Bouboule ne disait rien. Petit Hector sentait qu'il était embêté, mais bien sûr, il suivait toujours Victor.

Avec Binh ou Orhan ou Guillaume, Petit Hector aurait tenté le coup, mais là, avec Arthur, il savait qu'ils n'avaient aucune chance contre Victor. En plus, ils n'étaient pas dans l'école, il n'y avait pas de surveillant et pas tellement de monde dans cette rue. Alors, ce n'était pas le bon endroit pour commencer une bagarre, on ne savait pas comment elle finirait.

— Vous êtes des dégueulasses, dit-il à Victor et à Bouboule, on veut même pas vous parler.

Et il emmena Arthur, qui continuait à dire que leur dessin était vraiment horrible, le maître et la maîtresse étaient si beaux, c'était vraiment lamentable. C'était bizarre : on avait l'impression que ce qui choquait Arthur, ce n'était pas tellement l'histoire des zizis, mais que le dessin soit raté.

Un secret, c'est déjà difficile à garder secret si vous en parlez aux filles, mais encore plus si vous le dessinez sur un abribus.

Le lendemain, ils étaient en classe quand ils virent arriver le directeur et la dame psychologue. Le maître n'avait pas l'air étonné de les voir arriver. Le principal se mit à parler, l'air très sérieux.

— Près de l'école, des personnes nous ont signalé avoir vu des dessins insultants pour deux de vos professeurs. Nous les avons fait effacer. Mais nous trouvons inadmissible que des élèves de cet établissement aient pu faire de pareils dessins, sans respect pour les professeurs, pour cette école et même pour les abribus, qui sont un bien public.

— ... qui appartient à tout le monde, dit la dame psychologue, et qu'on ne doit pas abîmer.

— Donc, dit le directeur, j'invite les élèves responsables de ces dessins à se dénoncer.

— Vous pouvez venir me voir ou bien aller trouver le directeur, ajouta la dame psychologue.

— Ou vous pouvez le dire tout de suite, renchérit le directeur, l'air un peu énervé.

Tout le monde se taisait, même le maître. Il essayait de faire comme si on ne parlait pas de lui, mais Petit Hector voyait bien qu'il n'y arrivait pas tout à fait. Il avait l'air embêté et on sentait qu'il ne voulait qu'une chose : que le directeur et la dame psychologue s'en aillent le plus vite possible et qu'il continue à expliquer comment les gens, un jour, avaient eu l'idée de replanter une herbe qu'ils pouvaient manger et comment on avait ainsi inventé l'agriculture.

Comme le silence durait, Petit Hector crut que ça allait se passer comme ça. Mais soudain, le directeur expliqua que, bien entendu, les élèves qui connaissaient ceux qui avaient dessiné devaient venir les dénoncer. C'était leur devoir. On ne dirait pas que c'était eux qui avaient dénoncé. Tout ça, c'était pour le bien de ceux qui avaient fait le dessin. Il fallait qu'ils comprennent qu'ils avaient fait quelque chose de grave.

Petit Hector se dit que là, Arthur et lui avaient un gros problème. Il sentait même sur lui le regard de Victor, qui était pourtant au fond de la classe.

Heureusement, il se dit qu'il avait le papa le Plus Fort du Monde : il allait trouver la solution.

Petit Hector doit se débrouiller tout seul

Son papa l'écouta raconter toute l'histoire. Le problème, c'est que sa maman arriva au milieu et il dut tout recommencer. Pourtant, c'était une histoire de garçons.

— Donc si tu vas les dénoncer, Victor saura que c'est toi, c'est ça ?

— Moi ou Arthur, ça revient au même.

— Est-ce que vous êtes les seuls à les avoir vus faire ça ?

— Je ne sais pas, dit Petit Hector.

Brusquement, il comprit à quoi son papa pensait : si quelqu'un d'autre les avait vus et les dénonçait, Victor et Bouboule pouvaient quand même penser que c'était eux, Petit Hector et Arthur, qui avaient rapporté !

— Ce qui est sûr, c'est qu'avec leurs notes et ce dessin, ils risquent de se faire renvoyer !, dit Petit Hector.

— C'est pour ça que c'est grave, dit son papa.

Même sa maman avait l'air embêtée. Il s'attendait à ce qu'elle trouve bien qu'il aille dénoncer Victor au principal, car c'était faire le Bien, même si ça devait causer des ennuis. Mais là, non, elle ne disait rien.

— Bof, dit le papa, tout ça pour des dessins de zizi ! Ça ne vaut pas le coup d'en faire une histoire.

— Mais pas du tout, dit sa maman. Il s'agit du respect qu'on doit aux professeurs.

— Si j'avais été le directeur, j'aurais simplement fait effacer le dessin, et ni vu ni connu.

— Ça ne doit pas être l'avis des autres professeurs, dit sa maman. Imagine que ces deux gamins recommencent !

Elle réfléchit un peu et puis elle dit :

— Je crois que nous devrions aller voir le directeur, dit-elle.

— Pour lui dire quoi ?

— De ne pas mêler notre fils à cette histoire.

— Oui, mais c'est déjà fait, malheureusement.

Soudain, Petit Hector se sentit très inquiet. Il s'apercevait qu'il y avait des problèmes que même ses Meilleurs Parents du Monde n'arrivaient pas à trouver la solution.

Sa maman dut s'en apercevoir, parce qu'elle dit :

— Petit Hector, c'est le moment d'aller un peu travailler dans ta chambre. Papa et Maman vont se parler.

Après, bien sûr, du haut de l'escalier, Petit Hector essaya d'écouter ce qu'ils disaient, mais il n'y arriva pas, car ses parents ne se disputaient pas : ils parlaient tout doucement. Il entendit juste son papa dire : « Et en plus, ce Victor, tout le monde connaît sa famille… » Et il se souvint de son grand frère qui avait l'air pas gentil avec sa chaîne en or autour du cou, et il sentit que ça compliquait le problème.

Il prit son carnet en se disant qu'avec tout ce qu'il avait déjà écrit, ça lui donnerait peut-être des idées.

Finalement, il retrouva des phrases assez intéressantes, en particulier sur les Conséquences et sur les Alliances.

En se relisant, il n'en revenait pas d'avoir écrit des phrases aussi utiles pour la Vie.

Petit Hector est le plus fort du monde

Quelques jours passèrent, mais il ne se passa rien du tout. Ses parents n'allèrent pas voir le directeur. Petit Hector et Arthur ne dénoncèrent personne. Simplement, Petit Hector n'avait plus besoin d'être toujours avec les autres Fantastiques pour se protéger de Victor. Et ils se disaient bonjour quand ils se croisaient, même s'ils ne se parlaient jamais vraiment.

Arthur avait dit qu'en plus, Victor et Bouboule pouvaient leur faire des cadeaux, mais Petit Hector se souvenait de ce qu'il avait promis à ce propos : il ne fallait plus accepter. Alors, il dit non, et finalement, Orhan, Binh et Guillaume furent d'accord aussi.

Et puis au fond, Victor et Bouboule, même si leur dessin, on pouvait le trouver horrible, c'était peut-être des artistes quand même, comme le papa d'Amandine, parce que Petit Hector avait l'impression que ce qu'ils avaient dessiné, c'était peut-être arrivé pour de bon. Le maître avait l'air très content ces temps-ci et, s'ils ne l'avaient jamais vu depuis près de la maîtresse, ils avaient une manière de se regarder qui rappelait un peu à Petit Hector comment lui et Amandine se regardaient, même si, eux, ils ne s'étaient pas mis le zizi dans le zizi. Son papa lui avait expliqué qu'Amandine et lui étaient trop petits pour ça, il fallait attendre. (Combien de temps ? Il n'avait pas dit.)

Mais ce qui était bien aussi, c'est qu'il n'y avait pas eu de nouveau dessin non plus. Même le directeur pouvait être content. Petit Hector se disait qu'il était devenu un vrai Nutilitariste, comme son papa. Et tout ça, rien qu'en faisant attention aux Alliances et aux Conséquences. Il fallait toujours bien écouter ce que disaient les parents !

Petit Hector réalise un rêve

Ce jour-là, Petit Hector était tout excité : Amandine allait venir à la maison !

Pour l'instant, sa maman n'avait pas organisé encore un vrai goûter, mais comme Petit Hector était très pressé d'inviter Amandine, les deux mamans s'étaient mises d'accord : Amandine reviendrait avec lui après l'école, elle dînerait avec eux, et ensuite, son papa viendrait la chercher !

Et maintenant, Petit Hector et Amandine étaient assis à l'arrière de la voiture que sa maman conduisait, et Petit Hector était déjà très fier qu'Amandine voie comment sa maman conduisait bien, et aussi leur belle nouvelle voiture avec plein de place à l'arrière et qui sentait encore un peu comme des chaussures neuves.

Amandine ne disait trop rien et avait l'air un peu étonnée.

— Amandine, ça se passe bien pour toi à l'école ?, demanda sa maman en les regardant dans le rétroviseur.

— Oui, Madame, dit Amandine.

— Qu'est-ce que tu préfères ?

— Oh, le dessin.

— Le dessin ? Alors tu veux être artiste, comme ton papa ?

— Non, Papa il est sculpteur, c'est ma maman qui dessine.

— Petit Hector m'a dit qu'elle dessinait de très belles robes. Et des beaux dessins de fées aussi.

— Oui, dit Amandine, Maman, elle dessine mieux que tout le monde.

— C'est magnifique. Et elle dessine des robes pour toi ?

— Non, là, elle travaille dans un magasin.

— Un magasin de robes ?

— Non, de chaussures.

— Alors tu as de jolies chaussures ?, demanda sa maman.

— Oui, on a des réductions.

— Ah, c'est rudement bien, dit la maman de Petit Hector.

— Pas tellement, dit Amandine, parce que les réductions, c'est toujours sur des chaussures que je n'aime pas trop.

Là, Petit Hector vit que sa maman ne savait plus quoi dire. Peut-être qu'Amandine le sentit, parce qu'elle dit :

— Mais c'est très bien quand même, et Papa dit que c'est une sacrée chance que Maman ait trouvé ce travail.

— Oui, c'est sûr, dit la maman de Petit Hector.

Mais Petit Hector sentit que sa maman trouvait ça un peu triste que quelqu'un qui dessinait si bien ne fasse que vendre des chaussures. Mais il se souvenait de la leçon : *dans la Vie, on n'est pas toujours récompensé, alors il faut recommencer.*

— Et toi, Petit Hector, ça s'est bien passé aujourd'hui ?

— Très bien, dit Petit Hector.

— Pas de problème avec Victor ?

— Oh, non, maintenant il est devenu tout gentil.

— Ah, tu vois, même les gens méchants peuvent devenir gentils, si on n'est pas méchant avec eux.

— C'est bien vrai, dit Petit Hector.

Amandine le regarda avec son air étonné – elle connaissait toute l'histoire, bien sûr –, Petit Hector la regarda, et puis elle se mit à partir dans un grand fou rire comme Petit Hector les aimait tant, et lui aussi s'y mit.

— Qu'est-ce qui se passe, les enfants ? Vous avez l'air de bien vous amuser.

— C'est que… c'est que…, essayait de dire Petit Hector.

Mais il n'arrivait pas à parler, d'abord à cause du fou rire et ensuite parce qu'il ne trouvait rien à dire à sa maman, à part la vérité, mais ça bien sûr ce n'était pas possible.

Finalement, il dit :

— Non, on rigole parce qu'on pense aux dessins de Victor et de Bouboule.

— Ce n'était certainement pas un gentil dessin !, dit sa maman en fronçant le sourcil.

— C'est vrai, et puis, c'était très mal dessiné, mais ça nous fait rigoler quand même.

Et lui et Amandine recommencèrent à se tordre de rire, tellement qu'ils en avaient mal au ventre, et la maman de Petit Hector finit par rire aussi en disant :

— Voilà au moins des enfants heureux.

Quand ils arrivèrent devant la maison, sa maman gara la voiture. Et Amandine demanda à Petit Hector :

— C'est votre maison ?

— Oui, dit Petit Hector.

Amandine ne répondit rien, mais Petit Hector vit qu'elle la regardait avec de grands yeux et il se sentit heureux qu'Amandine aime déjà sa maison.

Petit Hector voulut aller tout de suite dans sa chambre, pour montrer ses jeux vidéo à Amandine, mais elle, elle voulait d'abord visiter.

Alors, il l'emmena, un peu comme le maître qui leur expliquait le musée.

— Voilà, là, c'est le salon. Papa s'installe là pour regarder la télé et aussi quand il y a des invités.

— Elle est jolie, la moquette, dit Amandine.

Petit Hector n'avait jamais pensé à ça. Il regarda la moquette, verte, avec des petits points plus foncés.

— C'est Maman qui l'a choisie.

— Et qui c'est, les gens sur la cheminée ?

C'était une très vieille photo en noir et blanc un peu jaunie : on y voyait des gens dans une cour de ferme. Les hommes portaient des costumes noirs et de grosses moustaches, et ne souriaient pas ; les femmes avaient des robes qui descendaient presque par terre et l'air bien fatiguées, et les enfants avaient l'air un peu sales et complètement idiots.

— C'est la famille de mon papa il y a bien longtemps. Le petit garçon qu'on voit là, c'est son grand-père.

— Ça alors, dit Amandine, le grand-père de ton papa vivait dans une ferme ?

— Ben oui. Mais on ne voit pas les animaux sur la photo.

— Et ça, qui c'est ?, demanda Amandine en montrant le portrait d'un très beau monsieur en uniforme militaire.

— Le même, mais quand il était grand.

— Qu'est-ce qu'il est beau, alors !

— Oui. Il est mort à la guerre.

— Oh, là, là, c'est dommage, c'est affreux la guerre.

— Ben oui, dit Petit Hector.

Amandine pensait comme ses parents et comme toutes les grandes personnes que « c'est affreux la guerre ». Mais quand il serait grand, il aurait bien aimé se battre avec les ennemis ou avoir un bel uniforme comme le grand-père de son grand-père et se montrer vaillant comme Hector et les chevaliers de la Table ronde.

— Alors, les enfants, dit sa maman, vous visitez la maison ?

— Oui, Madame, dit Amandine. Je peux venir dans la cuisine ?

— Bien sûr, Amandine, dit sa maman.

Petit Hector était un peu contrarié : il aurait voulu emmener Amandine dans sa chambre tout de suite, parce qu'après, le dîner allait arriver, et il n'aurait plus le temps, mais bon, Amandine, c'était une fille. Il se disait que c'était normal qu'elle veuille voir la cuisine.

Amandine et sa maman entrèrent.

— Oh là là, dit Amandine, qu'est-ce qu'elle est belle ! C'est comme à la télé !

Elle voulut voir comment tout marchait, même le four qui avait un tableau de bord un peu comme un ordinateur, le robinet de l'évier, et même ce qu'il y avait dans les placards et aussi ouvrir le frigidaire. Elle resta sans rien dire devant celui-ci, absolument plein, avec des bouteilles de différentes sauces plein la porte.

Petit Hector se souvint du réfrigérateur presque vide chez les parents d'Amandine. Mon Dieu, pensa-t-il, et si ça lui faisait de la peine de voir tout ça ?

— Bon, maintenant, j'aimerais te montrer mes jeux vidéo.

— Amandine, dit sa maman en riant, je crois que c'est le moment des jeux vidéo.

Amandine ne dit rien, mais elle suivit Petit Hector dans sa chambre. Il pensait qu'elle n'était pas très différente de celle d'Amandine. Donc, là, elle ne risquait pas d'avoir de la peine.

Finalement, il n'alluma même pas son ordinateur, mais ils s'assirent au pied du lit, comme chez elle.

— Tu es contente ?, demanda Petit Hector.

— Oh oui, dit Amandine.

Petit Hector lui trouva l'air un peu triste, quand même. Alors, il lui fit un bisou, et elle aussi, et ils continuèrent à se tenir comme ça sans rien se dire, jusqu'au moment où il entendit la voix de son papa qui les appelait pour le dîner.

Petit Hector ne réalise pas un rêve

— Alors Amandine, ça se passe bien à l'école ?, demanda son papa.

— Oui, Amandine aime le dessin, dit sa maman.

Ils étaient assis à la cuisine, parce que la table de la salle à manger c'était quand il y avait plus d'invités. Dans ces cas-là, Petit Hector ne dînait pas avec les grandes personnes, et heureusement, parce que chaque fois qu'il avait entendu la conversation, ça lui paraissait drôlement ennuyeux.

— Et qu'est-ce que tu aimes le mieux dessiner ?, demanda le papa de Petit Hector.

— Des fleurs, dit Amandine.

— Oh, tu as raison, c'est joli, les fleurs.

— Plus tard, je veux devenir fleuriste, dit Amandine.

— C'est un beau métier, dit le papa de Petit Hector

— Moi aussi, quand j'étais une petite fille, je voulais devenir fleuriste, dit la maman de Petit Hector.

— Ah bon ?, dit Amandine. Et pourquoi vous n'êtes pas devenue fleuriste ?

— Parce que mes parents et mes professeurs voulaient que je fasse d'autres études, pas celles de fleuriste.

— Et maintenant, Maman, elle fait des présentations, dit Petit Hector.

— Faire des présentations, c'est mieux que fleuriste ?, demanda Amandine.

— Parfois, je me demande, dit sa maman.

— Tu préférerais être fleuriste ?, demanda son papa.

— J'aurais un joli magasin, je serais au milieu des fleurs, je n'aurais pas de chef…

— Et moi, je viendrais dans ton magasin et je t'achèterais plein de fleurs, dit Petit Hector.

— C'est gentil, dit sa maman.

— Et moi, je pourrais travailler avec vous ?, demanda Amandine.

— Bien sûr, mais tu sais, je ne serai sûrement jamais fleuriste, maintenant.

— Pourquoi ? Moi aussi, je viendrais t'acheter des fleurs, dit son papa.

— Quand ton papa et moi on s'est rencontrés, il m'offrait souvent des fleurs, dit sa maman.

— Et maintenant ?, demanda Petit Hector.

— Moins souvent, dit sa maman en riant.

— Oh, dit son papa, mais la dernière fois…

— Oui, je sais, je sais, dit sa maman.

— Je n'ai rien entendu, dit son papa, mais Petit Hector comprit que son papa avait bien entendu, et que peut-être il offrirait bientôt des fleurs à sa maman.

— Et toi, Petit Hector, qu'est-ce que tu aimerais faire plus tard ?

Ses parents lui posaient souvent la question quand il y avait des invités. Et Amandine, c'était un peu comme une invitée, même si on était à la cuisine.

— Espion, dit Petit Hector.

— Espion ? Toujours cette drôle d'idée !

Souvent, Petit Hector répondait un peu n'importe quel métier, le dernier qu'il avait vu à la télé, mais cette fois il avait bien réfléchi et ne changeait plus d'avis depuis quelque temps : il voulait devenir espion.

— Mais pourquoi tu veux devenir espion ?, demanda Amandine.

— Parce qu'on peut suivre les gens sans se faire voir ! Parce qu'on connaît plein de secrets et qu'on ne les dit pas !

— Tu as plein de secrets que tu ne dis pas ?, demanda sa maman.

Petit Hector se souvint brusquement à qui il parlait : sa maman.

— Oh non, pas pour mon papa et ma maman.

— Bien joué, mon fils !, dit son papa en rigolant.

— Tu exagères, dit sa maman à son papa. Comment veux-tu que… ?

— Ma chérie…, dit son papa en regardant sa maman.

Et Petit Hector vit que sa maman avait l'air de se souvenir de quelque chose dont ils avaient discuté ensemble, et elle se calma.

— Bon, dit-elle, Petit Hector, tu veux devenir espion. Amandine, qu'est-ce que tu en penses ?

Celle-ci eut l'air de se réveiller d'un rêve. Pourtant, elle avait eu l'air de bien les regarder tout le temps, mais c'était comme si elle n'écoutait pas, ou plutôt comme si elle rêvait en même temps.

— Euh... Je pense que ce sera un très bon espion !

— Ah, bon, et pourquoi ?

Petit Hector regarda Amandine en se disant qu'elle risquait de raconter tout, Victor, les dessins sur l'abribus et surtout comment Petit Hector s'en était tiré. Ça allait mal finir, le dîner. Et sa maman ne serait pas contente.

— Heu... Je ne sais pas. Mais comme il est bon en classe, il peut faire ce qu'il voudra.

Amandine regarda Petit Hector, et il se sentit un grand élan d'amour pour elle. Amandine serait une très bonne femme d'espion !

Plus tard, ils se retrouvèrent dans sa chambre. Il allait enfin pouvoir montrer à Amandine son dernier jeu vidéo ! Mais, pendant qu'il allumait son ordinateur, il vit qu'elle avait l'air de penser à autre chose.

Finalement, elle lui demanda :

— Tes parents, ils ne se disputent jamais ?

Petit Hector se mit à penser à toute vitesse. D'une certaine manière, c'était vrai : ses parents ne se disputaient pas souvent, et ce dîner était comme presque tous les dîners. D'un autre côté, il se souvenait de ce qu'il avait entendu entre les parents d'Amandine.

Il vit Amandine qui attendait sa réponse.

— Si, ils se disputent souvent. Mais ce soir, comme tu étais là, ils se tenaient bien.

— Ah, bon.

Petit Hector vit qu'elle avait l'air déçue, mais un peu contente aussi.

— C'est pour ça, dit Petit Hector, que j'aimerais bien que tu reviennes à la maison. Comme ça, ils seront plus gentils entre eux.

Et après ça, hop, un petit bisou.

Ils jouèrent un peu au jeu vidéo : une course de voitures. C'était un des seuls jeux que sa maman aimait et Amandine était très bonne. Finalement, il fit un gros effort : il la laissa gagner.

Il se souvenait d'une autre chose que son papa avait dite : de temps en temps, il y a des victoires qu'il faut laisser aux autres. Donc, encore plus à Amandine qu'il aimait et qui l'aimait.

Après, ils regardèrent ses livres, parce qu'il en avait aussi de très beaux, en particulier des dinosaures tellement bien dessinés qu'on aurait dit qu'ils étaient vrais, et aussi des mangas avec des héros aux pouvoirs magiques. Ce qui lui faisait encore plus plaisir que de revoir ses livres, c'était l'air émerveillé d'Amandine quand elle les découvrait.

Plus tard, ils entendirent la voix de ses parents en bas, et puis une autre, celle du papa d'Amandine qui appelait : « Amandine ! »

Elle regarda Petit Hector, et puis elle dit :

— Je ne veux pas rentrer à la maison. Je veux rester ici.

Un nouveau monde s'ouvrait devant lui ! Et si Amandine restait à la maison ? Et s'ils dormaient ensemble ? Était-ce possible ? Quelque chose d'aussi merveilleux pouvait-il arriver, et pas seulement en rêve ?

Il y eut des bruits de pas derrière la porte. C'étaient leurs papas à tous les deux qui étaient montés et qui les regardaient en souriant.

— Ils ont l'air de bien s'entendre, dit le papa de Petit Hector.

— De vrais fiancés, dit celui d'Amandine.

— Papa !, dit Amandine. Arrête !

— Pardon, parce que demain, il faut quand même se lever tôt.

— Amandine pourrait rester à la maison !, dit Petit Hector. Maman nous emmènera à l'école !

Amandine ne dit rien. Les deux papas eurent l'air étonnés.

— Qu'est-ce que vous en pensez ?, demanda celui de Petit Hector à celui d'Amandine. Pour nous, pas de problème…

Le papa d'Amandine la regarda :

— Amandine, tu veux rester là ? Tu es sûre que tu ne veux pas revenir à la maison ?

Elle ne le regardait pas. Et puis, finalement, elle dit doucement :

— Je ne sais pas…

Petit Hector eut un coup au cœur. Amandine ne savait plus ? Alors qu'elle avait dit qu'elle ne voulait pas rentrer chez elle ! C'était de la trahison, comme avec

Guillaume ! Elle ne savait pas si elle voulait rester dans sa maison ? Elle lui avait dit le contraire une minute avant !

— Mais tu m'as dit tout à l'heure…

Mais Amandine le regarda, et là, il sentit que ça la gênait de dire oui à son papa, parce que peut-être elle, il pensait qu'elle l'aimait moins en préférant rester chez d'autres parents. Elle aussi, elle savait qu'il ne fallait pas oublier à qui l'on parle.

— Bon, dit vite le papa de Petit Hector, on va faire comme on avait prévu. Peut-être une autre fois, si le papa et la maman d'Amandine sont d'accord.

Dans l'escalier, il dit doucement à son papa :

— Amandine, elle m'avait dit qu'elle voulait rester à la maison.

— Ah, tu sais, les filles, ça change d'avis souvent. Il faut suivre…

Ça énerva Petit Hector, Amandine n'était pas comme « les filles », c'était Amandine, elle était différente de toutes les autres.

Une fois Amandine et son papa repartis, il resta un peu dans la cuisine à aider sa maman à ranger.

— Alors, tu es content, Petit Hector ?

Il faillit dire : « Non, je suis triste et en colère, je voulais qu'Amandine reste à la maison ! Et Papa n'a même pas insisté. » Mais ça lui revint soudain : *dans la Vie, il faut toujours voir le Bon Côté des Choses.* Il avait eu un moment merveilleux avec Amandine, même s'il avait été un peu gâché à la fin.

— Oui, oui. C'était une bonne soirée.

— Amandine est très gentille, tu sais.

— Elle aurait voulu rester à la maison, dit Petit Hector.

— Ah bon ? Elle te l'a dit ?

— Oui. Mais après quand elle a vu son papa, elle a dit qu'elle ne savait pas.

— Ah ? Peut-être qu'elle ne voulait pas lui faire de peine.

— Maman, tu es la Meilleure Maman du Monde.

Et hop, un petit bisou à sa maman aussi.

C'était dommage, il ne pouvait pas tout raconter à sa maman, parce que c'était une fille. Ce n'était pas comme avec son papa. Mais d'un autre côté, elle était rudement bonne pour comprendre les filles.

Le soir, Petit Hector ouvrit son petit carnet et commença à réfléchir.

En pensant à Amandine devant son papa et à comme il avait eu de la peine quand elle avait dit qu'elle ne savait pas si elle voulait rester avec lui, il écrivit :

Les autres aussi, ils n'oublient pas à qui ils parlent. Et donc, il ne faut pas l'oublier quand ils vous parlent.

Petit Hector aime la différence

Un soir, il avait demandé à ses parents s'il pouvait passer chez Orhan, le maître leur avait donné un travail à faire ensemble. Leurs parents s'étaient donc mis d'accord : Petit Hector pouvait revenir avec Orhan et son père qui venait le chercher.

Dans la très grosse vieille voiture du papa d'Orhan, il y avait quand même un beau tableau de bord compliqué avec un petit cadran qui montrait jusqu'où la voiture pouvait se pencher dans une pente sans se retourner. Petit Hector se dit qu'il allait le regarder pour voir jusqu'où il pouvait aller, mais le papa d'Orhan déclara avec son drôle d'accent : « Les enfants, asseyez-vous derrière. » Les appuie-tête des sièges avant étaient tellement hauts qu'il ne pouvait presque rien voir, sauf le papa d'Orhan qui conduisait.

Petit Hector remarqua qu'il avait vraiment de très gros bras avec des poils même sous les poignets. Orhan avait peut-être raison : son papa était aussi fort qu'Hercule. Ça tombait bien parce que, pour construire des maisons, il faut être très fort car tout est très lourd.

Ils arrivèrent et Petit Hector vit que la maison d'Orhan n'était pas finie de construire. Une partie seulement était terminée ; l'autre n'avait que le toit et pas de vitres aux fenêtres. Et dans le jardin, mais ce n'était pas un jardin comme chez Petit Hector ou Arthur, les arbres n'avaient pas encore poussé, il y avait justement tout un tas de choses très lourdes pour construire les maisons.

La maman d'Orhan avait l'air très gentille. Elle avait un tablier et un gros chignon et un joli sourire, même s'il lui manquait une dent sur le côté.

Ils passèrent dans le salon où un petit frère et une petite sœur d'Orhan, vraiment tout petits, se promenaient à moitié à quatre pattes et ils allèrent dans la salle à manger, où il y avait plus de place et où la maman d'Orhan leur avait préparé un goûter.

Là, se trouvait la grande sœur d'Orhan que Petit Hector n'avait jamais vue. Elle avait au moins cinq ou six ans de plus qu'eux, et Petit Hector se sentit un peu intimidé. Il ne se sentait pas timide avec les grandes personnes ni avec les enfants de son âge, mais avec les filles comme la sœur d'Orhan, il se sentait un peu petit. Elle avait la peau très pâle, de grandes nattes noires qui lui tombaient sur les épaules, des yeux gris-vert, et elle les regardait d'un air très calme, ses yeux étaient un peu comme ceux d'un chat, pensa Petit Hector, ou d'une jolie chatte plutôt, assez grande pour les manger tous les deux.

— Voilà, c'est Petit Hector, dit Orhan. C'est ma sœur.

— Bonjour, Mademoiselle, dit Petit Hector.

Cela fit sourire la sœur d'Orhan.

— Tu peux m'appeler Djamila, dit-elle.

Petit Hector voyait bien qu'elle était en train de travailler. Elle avait plusieurs livres ouverts devant elle et elle prenait des notes comme le maître.

— Qu'est-ce que tu fais ?, demanda Petit Hector.
— Je prépare un examen.
— Un examen pour quoi ?
— Pour entrer dans une bonne école.
— Ma sœur, elle veut devenir docteur, dit Orhan.

Ça lui faisait un drôle d'effet d'imaginer la sœur d'Orhan en train d'écouter son cœur comme le docteur qu'il était déjà allé voir avec sa maman.

Comme il ne savait pas trop quoi dire, il se mit à regarder autour de lui. Au mur, il vit la photo d'un monsieur portant un drôle de bonnet en fourrure, l'air pas commode, et il se demanda si ce n'était pas quelqu'un de la famille. Comme la photo avait l'air d'avoir été prise il y avait longtemps, il se demanda si ce n'était pas le grand-père d'Orhan. Non, expliqua Orhan, c'était le président du pays dont ils venaient, il y a longtemps.

Djamila s'était remise à travailler, elle avait l'air très sérieuse. Elle était jolie, même si elle ne ressemblait pas à Amandine.

Ils commencèrent à travailler à leur tour : il fallait dresser la liste des gens qui avaient fait la guerre de Troie et raconter qui ils étaient en deux ou trois lignes ; on pouvait s'aider du dictionnaire. Son maître avait dit que, dans la Vie, il est très important de savoir se servir d'un dictionnaire quand on ne sait pas quelque chose. Mais Orhan avait trouvé une liste toute faite sur Internet : ils se demandaient s'ils ne pouvaient pas la recopier.

Petit Hector se souvenait de ce que disait sa maman (*Dans la Vie, il ne faut pas tricher*) et son papa

(*Si on triche pour aider un copain, il ne faut pas se faire prendre parce que ça fait de la peine*).

Finalement, ils prirent une décision : leur maître ne saurait jamais qu'ils avaient trouvé la liste toute faite sur Internet, mais ça ne valait pas le coup de tricher, puisque ce n'était pas pour aider un copain. Ils allaient donc faire leur propre liste, en s'aidant quand même un peu de celle d'Internet.

La maman d'Orhan vint les voir, son papa aussi, et Petit Hector vit qu'ils étaient très contents de les voir travailler ensemble, avec Djamila à l'autre bout de la table.

Petit Hector demanda à Orhan s'ils pouvaient montrer à ses parents ce qu'ils avaient fait. Comme ça, ils pourraient leur dire si c'était bien ou pas, mais Orhan répondit que non, ils ne sauraient peut-être pas. Petit Hector fut très étonné : les parents d'Orhan ne savaient pas tout, comme les siens, en tout cas tout ce qu'on apprenait à l'école, parce que, bien sûr, son papa à lui ne savait pas construire des maisons ni sa maman préparer des goûters comme ceux qu'ils venaient de manger.

— On va demander à ma sœur, dit Orhan.

Djamila leva la tête et ils lui montrèrent ce qu'ils avaient écrit.

— Dis donc, Orhan, il y a des fautes.

Et elle se mit à faire des corrections avec son stylo.

— Et on ne peut pas dire que Pâris a « piqué » la femme de Ménélas !

— Ah bon ? Mais il l'a piquée quand même.

— Non, il faut dire « enlevé ».

— Mais, sur Internet, ils disent qu'elle était d'accord pour partir avec lui, dit Petit Hector.

— Oui, ce n'est pas clair, dit Djamila, il y a différentes versions. Mais « piqué », ça ne va pas. Vous pouvez écrire « séduit ».

— Qu'est-ce que ça veut dire, « séduit » ?, demanda Orhan.

— Ça veut dire qu'il a voulu lui plaire et qu'elle est tombée amoureuse de lui.

— Alors, il ne l'a pas enlevée ?

— On ne sait pas, dit Djamila. De toute façon, à l'époque, on ne demandait pas tellement leur avis aux femmes.

Petit Hector comprit pourquoi Orhan avait de si bonnes notes en rédaction avec une sœur pareille ! Finalement, il était d'accord avec son papa : Orhan n'avait aucun mérite !

Et Djamila, est-ce qu'elle en avait ? En tout cas, elle les aidait bien, et ils seraient contents d'avoir une bonne note. C'était une bonne Conséquence. Donc, Djamila était sans doute une Nutilitariste.

Finalement, le papa et la maman de Petit Hector arrivèrent et il trouva que leur voiture avait l'air bien petite à côté de celle des parents d'Orhan, mais beaucoup plus neuve. Les parents d'Orhan les invitèrent au salon, et les grandes personnes burent un peu de thé pendant que la toute petite sœur d'Orhan essayait de grimper sur les genoux de la maman de Petit Hector, qui avait l'air tellement contente que ça énervait Petit Hector.

Et puis, Djamila entra et dit bonjour au papa et à la maman de Petit Hector, et ils lui posèrent plein de questions sur ce qu'elle voulait faire plus tard. Petit Hector sentait que ses parents aimaient beaucoup l'idée que Djamila devienne docteur un jour et il aurait bien aimé qu'ils aient l'air aussi contents quand lui leur disait qu'il voulait devenir espion.

Il se sentait bien avec Orhan, ses parents et Djamila, même s'il voyait bien que ce n'était pas comme chez lui, les meubles, les tapis, tout en fait, et même les murs qui n'étaient pas finis de peindre et le jardin rempli de choses pour construire la maison.

Petit Hector remarqua sur un meuble une photo encadrée de bois très noir qui avait l'air très ancienne. Elle ressemblait un peu à celle qu'ils avaient à la maison : on voyait des hommes en costumes noirs et de drôles de bonnets sur la tête et des grandes moustaches et qui ne souriaient pas, des femmes avec des longues robes et des foulards sur la tête qui ne souriaient pas, et encore plus d'enfants qui avaient aussi l'air d'idiots comme s'ils n'avaient jamais été pris en photo.

— C'est ton grand-père ?, demanda Petit Hector en montrant un petit garçon qui ressemblait un peu à Orhan.

— Non, dit Orhan, c'est mon père.

Petit Hector était très étonné. Il sentait que l'histoire des familles, ça se ressemblait, mais il pouvait y avoir un décalage d'un pays à l'autre. Donc, Djamila, elle serait un peu comme le papa de Petit Hector qui avait été le premier de la famille à devenir docteur.

Pendant ce temps, son papa et celui d'Orhan discutaient d'un sujet qui les intéressait tous les deux : l'histoire. Ils regardaient la même chaîne de télé où on voyait toujours des films sur l'histoire. Son papa voulait toujours que Petit Hector regarde, mais lui trouvait ça assez ennuyeux, sauf quand on voyait des avions se tirer dessus ou bombarder, même si c'était presque toujours en noir et blanc. Le papa d'Orhan, lui, il avait l'air d'aimer.

Finalement, ils repartirent, et toute la famille d'Orhan sortit dehors pour leur dire au revoir.

Dans la voiture, Petit Hector demanda :

— Et Djamila, elle a du mérite ?

Ses parents se regardèrent.

— Elle a déjà de bons parents, dit son papa, mais oui… elle a du mérite.

— Et comment !, dit sa maman.

— Oui, mais alors Orhan il a pas de mérite, parce que Djamila l'aide pour ses rédactions, je l'ai vu !

— On avait deviné, Petit Hector, dit sa maman.

— Et pourquoi les parents d'Arthur, ils n'ont pas invité Orhan au goûter ?

Ses parents se regardèrent. Petit Hector avait remarqué qu'ils faisaient comme ça quand ils se demandaient qui allait parler le premier.

Finalement, sa maman se lança :

— Parce qu'il y a des gens qui veulent voir seulement d'autres qui sont comme eux ; ils n'aiment pas trop voir ceux qui sont différents.

— Et c'est bien ?

Sa maman expliqua que, pour Dieu, nous étions tous pareils. En tout cas, ce qui comptait pour Lui, c'était juste le Bien qu'on faisait ou non, pas si on était riche, ou très savant, ou très célèbre.

— Tu comprends, Petit Hector ?

— Oui, Dieu ne note pas si on est allé à l'école ou non, ou si on a de l'argent ou non, mais seulement si on fait du bien ou non.

— Voilà !

Sa maman avait l'air très contente. Petit Hector se dit qu'il venait de faire le Bien en faisant plaisir à sa maman, même si d'un autre côté il n'était pas sûr que Dieu existe vraiment. Son papa s'était contenté d'écouter, mais Petit Hector avait senti qu'il avait envie de dire aussi quelque chose.

— Les parents d'Orhan, ils ont l'air différents de nous, mais finalement, nous sommes d'accord sur les choses importantes ; donc, on peut se parler. Mais d'autres personnes voient surtout les différences ; alors, elles préfèrent ne voir que les gens qui leur ressemblent.

— Comme les parents d'Arthur ?

— Voilà, dit sa maman.

— Alors, c'est mieux de voir des gens pas pareils comme Orhan ou ses parents ?, demanda Petit Hector.

— Si on aime ça, c'est mieux, dit sa maman. Il faut accepter la Différence, c'est ce qu'on appelle vivre ensemble.

— Donc, il faut aussi aimer les gens pas comme nous qui n'aiment pas voir les gens pas pareils, comme les parents d'Arthur ?

Le papa et la maman de Petit Hector se regardèrent.

— Exactement, dit sa maman.

Le soir, Petit Hector écrivit dans son petit carnet :

La Différence, c'est que les gens ne sont pas pareils.

Mais on peut aimer les voir quand même, même ceux qui n'aiment pas la Différence.

Pour Dieu, c'est faire le Bien qui compte, pas d'aller à l'école.

D'un autre côté, s'il ne travaillait plus à l'école, il ne pourrait jamais passer l'examen pour être espion. Et puis ses parents seraient très tristes. Alors il écrivit :

Bien travailler à l'école, c'est que pour les Conséquences.

Petit Hector apprend encore un secret

Un jour, Arthur dit à Petit Hector :

— Je vais te dire un grand secret.

Petit Hector eut très peur. Et si Arthur s'était aperçu que sa maman aimait bien son papa ?

— C'est quel genre de grand secret ?

— À propos de Binh.

— Binh ? Il n'a pas de secrets.

— C'est idiot ce que tu dis. Tout le monde a des secrets et même qu'on ne raconte à personne, personne !

— Bon alors, c'est quoi, ton secret sur Binh ?

— Il n'a pas de parents.

— C'est complètement idiot : tout le monde a des parents !

— Oui, oui, mais les siens, ils sont morts.

— Quoi ?

— Oui, parfaitement. C'est mon papa qui me l'a dit.

Petit Hector n'arrivait pas à le croire. Alors, Arthur dut s'expliquer un peu plus. Son papa, ou plutôt les gens qui travaillaient pour lui et s'occupaient des impôts des grands-parents de Binh. Et dans le dossier, il était écrit qu'ils s'occupaient de lui parce que les parents étaient « décédés ».

— Mais de quoi ils sont morts ?

— Ils ont eu un gros accident sur la route quand il était tout petit.

— Mais pourquoi il ne nous a rien dit ?

— Peut-être qu'il ne sait pas, peut-être qu'on lui a dit qu'ils étaient en voyage.

Petit Hector se souvenait que Binh disait toujours que ses parents étaient en voyage dans leur pays.

— Peut-être qu'il croit que ses grands-parents, c'est ses parents !, dit Arthur.

— Non, il parle bien de son grand-père ou de sa grand-mère.

— Ah bon ? Alors, il doit bien se douter que ses parents sont morts, s'il ne les voit jamais.

— Bon, en tout cas, ça, c'est un vrai secret de secret, dit Petit Hector. Et il ne faut le dire à personne... Même pas aux filles.

— Oui, dit Arthur.

Là, il vit qu'Arthur avait l'air embêté. Il était sûrement trop tard, pour le secret.

Finalement, Petit Hector se dit qu'il fallait en parler à Binh. Un jour, à la récré, il s'arrangea pour être un peu seul avec lui.

— Dis donc, il y en a qui racontent de drôles de choses sur tes parents.

— Ah oui, dit Binh. Qu'ils sont morts, par exemple.

Petit Hector était surpris. Binh n'avait pas l'air du tout embêté.

— Oui.

— C'est vrai, dit Binh.

— Mais pourquoi tu ne nous l'as jamais dit ?

— Parce qu'au début, on me disait qu'ils étaient en voyage ; alors, je disais la même chose, je croyais qu'ils allaient revenir. De toute façon, ils étaient en voyage depuis si longtemps, je ne me souviens plus très bien d'eux.

— Mais maintenant tu sais qu'ils sont morts ?

— Oui. Mes grands-parents me l'ont dit.

— Mais c'était quand ?

— L'année dernière. Pendant les vacances de Pâques. Toute la famille était réunie.

Et Petit Hector se souvint d'une période où Binh était un peu bizarre : il n'avait pas envie de jouer comme avant ou bien il s'énervait trop vite et il avait de moins bonnes notes.

— Pourquoi tu ne nous l'as pas dit ?

— Ça me saoulait d'en parler encore. Tout le monde m'aurait dit : « Et alors, comment ils sont morts, tes parents ? Et maintenant, comment tu te sens, mon petit Binh ? » Et tout, et tout… Tu comprends ?

— Oui, dit Petit Hector.

Il trouvait que Binh était très fort : lui, si ses parents étaient morts, il aurait voulu en parler à tout le monde. Mais il les connaissait, ses parents, alors que Binh, il ne s'en souvenait même plus.

— Et maintenant, comment on fait ?, demanda Petit Hector.

— Tu peux le dire aux autres. Simplement, moi, j'ai pas envie d'en parler.

— Bon, dit Petit Hector.

Ils marchèrent vers les autres.

— Et tu ne t'en souviens vraiment plus du tout ?, demanda Petit Hector.

— Pas vraiment, dit Binh. Mais je regarde leurs photos.

— Ah.

— Ils étaient très beaux mes parents, dit Binh. S'ils étaient venus me chercher à la sortie de l'école, tu les aurais vus !

— Je vois tes grands-parents, ils sont très gentils.

— C'est vrai, mais c'est pas pareil. Mes parents, tu les aurais vus, ils étaient trop beaux.

— C'est triste, dit Petit Hector.

Rien que d'y penser, il sentait qu'il avait envie de pleurer.

— Oui, dit Binh, mais si on n'y pense pas trop, ça peut aller.

Le soir, Petit Hector ouvrit son carnet.

Binh, lui, avait déjà connu la fin de la chance, même s'il était encore petit garçon, comme Éloi. Il essaya de trouver le Bon Côté des Choses dans l'histoire de Binh, mais non, il n'y arrivait pas. Perdre ses parents : il ne voyait pas où était le bon côté, sauf si les parents étaient très méchants, mais ceux de Binh étaient sûrement très gentils. Finalement, il se rappela ce qu'avait dit Binh. Et il écrivit :

Les choses très tristes, si on n'y pense pas trop, alors ça peut aller.

La meilleure journée de Petit Hector

Et finalement, ça arriva enfin. Tout le monde était invité à un goûter l'après-midi chez Petit Hector !

Les Cinq Fantastiques jouèrent au foot dans le jardin, mais sans compter les points. Amandine, les cousines d'Arthur et aussi Claire et ses amies jouèrent à « on reçoit des invités ». Tout le monde essaya les jeux vidéo de Petit Hector, les courses de voitures, les combats aériens, et même un jeu où il fallait élever des enfants, mais c'est surtout les filles qui y jouèrent.

Sa maman avait préparé un très bon goûter, avec de petites tartines et aussi de la salade de fruits si bonne que tout le monde en reprit plusieurs fois.

Et puis, ils se racontèrent aussi des histoires extraordinaires, dans le jardin, et puis après dans la maison quand il commença à faire nuit.

Et personne ne se disputa.

Et le soir, les parents vinrent chercher leurs enfants, et tout le monde se parla gentiment.

Le papa de Petit Hector parla un peu avec celui d'Arthur.

Petit Hector les regarda sans trop se faire voir, comme un vrai espion devait faire, et il vit qu'ils avaient l'air de bien s'entendre. La maman d'Arthur n'était pas venue.

Le papa d'Orhan discuta de foot avec le papa de Guillaume. Il y avait beaucoup joué dans son pays quand il était jeune.

La grand-mère de Binh parla avec les autres mamans et leur dit qu'elle leur donnerait des recettes de son pays et les autres mamans furent très contentes.

Pendant ce temps, Petit Hector arriva à se retrouver seul avec Amandine, et ils se dirent qu'ils s'aimeraient toujours et se firent des bisous.

Le soir, Petit Hector se dit : « C'est la journée la plus belle de ma vie ! Merci Papa, merci Maman, merci mes amis, merci Amandine ! »

Plus tard, bien des années plus tard, il se demandait de temps en temps si cette journée ne restait pas la plus belle de sa vie. Et parfois, il se disait que oui.

La fin des Cinq Fantastiques

Un jour, Petit Hector vit que Guillaume avait l'air un peu triste. Ce matin-là quand il avait joué au foot dans la cour de récré, il avait l'air de ne pas s'amuser. Et pourtant, cette fois-ci Petit Hector avait bien récupéré plusieurs passes, il faisait des progrès en foot, comme avec les filles.

— Qu'est-ce qui t'arrive ?, demanda Petit Hector.

— C'est mes notes, dit Guillaume.

— Oh, elles ne sont pas si mauvaises.

— Si, quand même. Mes parents sont allés voir le maître et le directeur.

— Et alors ?

— Et alors, ils disent que ce serait mieux que j'aille dans une autre école l'année prochaine.

— Loin ?

— Pas trop, non. Mais moi j'ai pas envie, je connaîtrai personne.

Petit Hector comprit pourquoi Guillaume était triste. Lui, il avait des parents pour le défendre devant le directeur et le maître, mais il sentait bien que, pour les parents de Guillaume, qui étaient moins allés à l'école, ce devait être plus difficile. Peut-être qu'il pourrait demander à son papa d'aller parler au directeur pour défendre Guillaume.

— Ils disent que la nouvelle école sera mieux pour moi. Que je ne serai plus à la traîne, dit Guillaume.

— Pourquoi ?

— Parce qu'on va me mettre dans une école pour les Très Mauvais, voilà pourquoi.

— Pourquoi ils te mettent pas dans une école de foot ?, demanda Petit Hector.

— Ils disent que dans cette école, je pourrai faire plus de foot.

— Bon, dit Petit Hector, alors ça, c'est peut-être le Bon Côté des Choses.

Après, il essaya d'expliquer cette Leçon de Vie de sa maman à Guillaume, mais c'était difficile, parce que Guillaume était triste, et quand on est triste, c'est difficile d'apprendre.

Quelques jours plus tard, Guillaume avait l'air d'aller un peu mieux. Il avait visité la nouvelle école avec ses parents. Elle était toute belle et toute moderne. Elle ne devait pas avoir été faite que pour les Très Mauvais.

Mais maintenant, c'était Orhan qui avait l'air triste.

— On va partir, dit-il.

— Où ça ?

Orhan expliqua que son papa avait décidé d'aller dans une autre partie du pays, où on construisait beaucoup plus de maisons et où il aurait beaucoup plus de travail.

— Et votre maison ?

— Des cousins qui vont venir dedans.

— On pourra se voir pendant les vacances, dit Petit Hector.

Il essayait de trouver le Bon Côté des Choses, mais là, c'était plus difficile.

— Pas tellement parce que pendant les vacances, on retourne au pays, dit Orhan.

— Peut-être qu'un jour on viendra te voir.

— Bof, je ne sais pas si ça te plaira.

Petit Hector se dit que c'était encore la Leçon de Vie qu'il connaissait déjà : *Quand tout va bien, ça ne peut pas durer toujours.* Mais peut-être qu'Orhan se ferait de bons copains aussi dans cette autre ville. C'était peut-être le Bon Côté des Choses, même s'il était difficile à voir pour l'instant.

Quelque temps après, c'est Arthur qui avait l'air triste.

— Mes parents vont divorcer, il expliqua.

— C'est vrai ?

— Oui. Ils se disputaient tout le temps de toute façon.

Tout à coup, Petit Hector eut très peur. Et si la maman d'Arthur voulait partir avec son papa à lui ? Ça, évidemment, il ne pouvait pas poser la question à Arthur.

— Et toi, tu vas aller avec qui ?

— Avec Maman. Mais j'irai chez Papa de temps en temps le week-end et pour les vacances.

— Et tu seras dans quelle maison ?

— Ils vendent la maison. Et puis on va partir.

— Mais qui va partir ?

— Maman et moi. Elle dit qu'elle peut trouver du travail dans la ville où habitent grand-père et grand-mère.

C'était terrible, parce que Petit Hector se sentait heureux. Maintenant, il était sûr que son papa ne partirait jamais avec la maman d'Arthur. Mais bien sûr, il ne pouvait pas lui raconter ça, ça ne l'aurait pas consolé.

— Alors, tu vas aussi quitter l'école ?

— Ben oui.

— Ça alors, c'est trop triste.

Tout le monde était très triste, car tout le monde sentait bien que c'était la fin des Cinq Fantastiques.

Enfin, il restait Petit Hector et Binh.

Et Amandine, bien sûr.

Il savait qu'elle et lui, c'était pour toujours, même si son papa avait dit qu'on ne pouvait pas savoir.

Et puis, les grandes vacances arrivaient.

Petit Hector et la route de la vie

C'étaient les vacances, l'école était finie, et Petit Hector était assis à l'arrière de la voiture avec sa maman qui conduisait et son papa qui se reposait.

Ils allaient dans un autre pays, plus chaud, avec des plages où il pourrait se baigner et aussi des vins que son papa voulait essayer. Ils traversaient un très beau paysage avec des nuages et du soleil.

— Tout va bien, Petit Hector ?

— Ça va.

— Tu n'as pas mal au cœur ?

— Non.

— Tu es content d'aller à la mer ?

— Oui.

— Eh ben, dis donc, il est pas bavard, ton fils.

C'était vrai, mais c'était parce qu'il pensait à Amandine. Il avait voulu que son papa et sa maman l'invitent pour les vacances, mais ça n'allait pas, parce qu'Amandine devait aller chez une de ses tantes à la campagne, à l'autre bout du pays, c'était prévu comme ça. Elle serait avec des cousins et des cousines. Ça, c'était la raison invoquée, mais Petit Hector avait senti que ses parents et ceux d'Amandine n'avaient pas forcément envie qu'ils passent leurs vacances ensemble. Un jour, il avait entendu sa maman dire à celle d'Amandine : « Ils sont encore un peu petits, non ? » Et l'autre avait répondu : « Oui, il faut qu'ils apprennent. » Mais apprendre quoi ? D'ailleurs, en se souvenant comment la maman d'Amandine se disputait avec son mari, Petit Hector se demandait vraiment s'ils avaient quelque chose d'intéressant à leur apprendre !

En partant, Amandine lui avait dit :

— On va s'écrire.

Il avait dit d'accord, mais s'écrire, s'écrire, ça ne changeait rien au fait qu'ils n'allaient pas se voir pendant deux mois !

Quand il y pensait, il avait envie de pleurer. Comme Amandine aussi avait pleuré quand ils s'étaient dit au revoir, ça lui faisait plaisir et de la peine en même temps d'y penser.

— Tu vas voir, tu vas te faire des amis à la mer, dit son papa.

Comment pouvait-il savoir qu'il allait se faire des amis avec des garçons ou des filles qu'il ne connaissait même pas ?

— Je sais que tu es triste, dit sa maman. Mais essaie de voir le Bon Côté des Choses. Tu vas avoir de belles vacances, et puis après tu reverras Amandine, et puis vous aurez plein de choses à vous raconter.

Il savait que sa maman avait raison. Mais il n'avait pas envie de voir le Bon Côté des Choses. Il avait envie de se faire de la peine en pensant à Amandine.

Il avait commencé à pleuvoir, et maintenant, les belles collines étaient perdues dans une sorte de brouillard, et sa maman conduisait plus lentement.

— J'espère que ça ne va pas continuer longtemps, dit sa maman.

— Là où on va, il fait beau, dit son papa.

— Presque toujours..., dit sa maman.

Petit Hector s'en moquait qu'il fasse beau ou pas là-bas. Et même s'il n'arrivait pas à se faire des amis. De toute façon, il n'avait pas envie.

À ce moment-là, il fit à nouveau soleil et le paysage se mit à briller, car tout était humide, et c'était très beau, il fallait bien le reconnaître.

Son papa se retourna vers Petit Hector.

— C'est beau, hein ?

— Oui, dit Petit Hector.

— Eh bien, tu vois, mon fils, cette route, c'est comme la Vie. Il y a des moments où il pleut, et puis après, il fait beau, mais on sait qu'il va pleuvoir encore. L'important, c'est de continuer...

— Et de savoir à peu près où on va, dit sa maman.

— Tu comprends, Petit Hector ?

— Rouler sur la route, c'est comme la Vie ?

— Oui, dit son papa. On roule, on roule, et puis on a des bons moments, des moins bons, et puis des bons encore.

Petit Hector se mit à réfléchir. Il se dit qu'il noterait ça dans son carnet le soir. Et finalement, au bout de la route du retour, il y aurait Amandine.

— Tu crois que c'est le moment ?, dit sa maman.

— Bien sûr, dit son papa.

Le moment de quoi ? Petit Hector comprit que son papa et sa maman avaient quelque chose à lui dire.

— Le moment de quoi ?, demanda Petit Hector.

— On a une grande nouvelle à t'annoncer, Petit Hector, dit son papa.

— Oui, dit sa maman. Et on espère bien que ça va te faire plaisir.

Une grande nouvelle ? Ses parents et ceux d'Amandine étaient d'accord ? Amandine allait le rejoindre pendant les vacances ? Ou alors… Petit Hector eut une idée terrible : et si ses parents lui annonçaient qu'ils divorçaient ? Pourtant, ils n'avaient pas l'air fâchés, mais peut-être qu'ils s'étaient entraînés à avoir l'air content juste pour lui. Il commença à prier dans sa tête : « Mon Dieu, faites que… »

— Voilà, dit sa maman. Tu vas avoir une petite sœur.

Plus tard, Petit Hector se dit qu'il ne savait pas si avoir une petite sœur c'était une bonne ou une mauvaise surprise, mais il y aurait forcément un Bon Côté des Choses.

Voilà, une petite sœur, revoir Amandine, tout ça c'était la Route de la Vie. Et il regardait ses parents. Maintenant, c'était son papa qui conduisait et sa maman avait posé la tête sur son épaule. Et il se dit une fois encore qu'il avait les Meilleurs Parents du Monde.

Le soir, il écrivit dans son carnet :

La route de la vie, c'est comme la Vie.

Épilogue

Petit Hector était devenu grand.

Et il était bien devenu espion, finalement. Mais là, ce serait une autre histoire à raconter.

Pendant ses études à l'université, il avait eu l'occasion de découvrir la philosophie. Assez pour comprendre que les discussions entre ses parents sur le Bien et le Mal avaient commencé des siècles auparavant et que personne n'avait trouvé de solution qui satisfasse tout le monde.

Il y avait le camp de ceux qui disaient que, pour savoir si une action est bonne, il faut se demander si elle peut être prise comme exemple d'une règle universelle, qui ferait du bien à tout le monde justement si elle devenait universelle. Par exemple, il ne faut jamais mentir ni tricher, comme l'avait souvent dit sa maman, et Kant aussi.

D'autres, un peu plus du côté de son papa, disaient qu'une action bonne, ça se juge avant tout au cas par cas en regardant ses conséquences. Si une action donne le plus de bonheur possible au plus de gens possible, alors elle est bonne ! La fin justifie les moyens, disaient ceux-là. Ou encore : « Un peu de mal pour un plus grand bien. » On pouvait même le dire en latin.

Petit Hector pensait souvent à ces deux manières de voir les choses et se disait que, sans le savoir, ses parents lui avaient appris à mieux réfléchir en lui montrant qu'ils avaient des opinions différentes.

Ce qui le fit encore plus réfléchir, c'est le jour où il vint aider ses parents à déménager de la maison de son enfance, parce qu'ils allaient vivre dans un appartement plus proche du centre-ville.

Petit Hector avait maintenant le même âge que son papa au début de ce livre. C'était l'âge où on réalise que le papa que l'on avait longtemps cru le Plus Fort du Monde commence à être un peu fatigué, et encore plus le jour d'un déménagement. Sa maman paraissait plus en forme, peut-être parce qu'avec le temps, elle avait appris à se faire moins de soucis avec son travail.

Ils avaient voulu que, devenus grands, Petit Hector et sa sœur viennent déménager leur chambre d'enfant et décider quels livres ou jouets ils voulaient garder en souvenir et lesquels ils voulaient donner ou jeter.

Ses parents ne l'appelaient plus Petit Hector, juste Hector, parce qu'il était devenu plus grand que son papa.

Dans son ancienne chambre, Hector retrouva avec plaisir toute sa collection de *Tintin*, mais quand il voulut retirer la pile de l'étagère, il fit tomber une vieille boîte à chaussures. Le couvercle sauta et une dizaine de petits carnets noirs en moleskine se répandirent sur le plancher. Il en ouvrit un, et Mon Dieu, c'était ceux dans lesquels son papa prenait des notes et écrivait ses pensées du jour. En les feuilletant, il vit au coin de chacune des pages des dates qui remontaient à des années. Il s'arrêta aussitôt de lire. Son papa avait sans doute oublié qu'il avait rangé là ces vieux carnets. En les remettant dans la boîte, il remarqua une feuille pliée en quatre dépassant d'un carnet qui s'était ouvert en tombant.

C'était une lettre. L'écriture était très régulière, à l'encre bleu turquoise. Elle commençait directement, sans nommer la personne à qui elle s'adressait.

Finalement, oui vous avez raison, j'essaie de le croire.

Mais je continue de penser à vous. Dès que je vous vois, dès que je vous entends, je me sens vivante. Vous voir, être près de vous, et je suis heureuse.

Et quand nous nous parlons de petits riens à la sortie de l'école en attendant nos garçons, je sens que vous aussi vous n'êtes pas le même quand nos regards se croisent.

Je n'aurais jamais voulu vous apporter du malheur, ni blesser votre famille. Je voulais juste un peu de vous. En secret.

Vous me répondez que le secret ne change rien, que même si nos conjoints ne devaient jamais rien savoir, même si nous ne faisions de mal à personne, nous aurions quand même brisé quelque chose, enfreint une règle.

Vous me dites que vous aimez votre épouse, et je vous crois, mais je vous sens aussi être un de ces hommes capables d'aimer deux femmes en même temps. (Mon mari est si différent de vous : malgré toutes ses infidélités, il n'est capable d'en aimer vraiment aucune.) Et d'ailleurs, si je n'avais rien senti de votre côté, jamais je ne me serais avancée.

Mais vous voilà meilleur et plus sage que moi, une raison de plus pour regretter ce qui aurait pu être. Je m'arrête ici avant d'exprimer des sentiments que vous ne voulez pas entendre.

Je penserai à vous, ami, mais de loin puisque vous le voulez.

Et puis, il y avait une signature presque illisible. Hector reconnut quand même un prénom, celui de la maman d'Arthur. Et il s'aperçut que son cœur battait très fort.

— Qu'est-ce que tu lis ?, demanda sa sœur qui était entrée sans faire de bruit.

Hector lui tendit la lettre.

Sa sœur la lut, et puis elle regarda Hector.

Ils entendaient leurs parents se parler dans le jardin.

Sans rien dire, ils descendirent vite à la cuisine et trouvèrent une boîte d'allumettes. Et la sœur d'Hector brûla la lettre au-dessus de l'évier. Et ensuite, elle fit couler beaucoup d'eau pour faire disparaître les cendres. En la regardant décider si vite et agir très calmement, Hector se dit que sa sœur aurait fait une bonne espionne, même si elle ne le savait pas elle-même.

— Qu'est-ce que vous faites dans la cuisine ?, demanda leur maman.

— Oh, rien, on allait se faire du thé.

— Ah, bonne idée, j'en prendrai aussi, dit leur papa.

— Tiens, Papa, regarde ce que j'ai trouvé dans ma chambre.

Et Hector posa sur la table la boîte qui contenait tous les carnets.

— Mes carnets ! Ça fait bien longtemps que je ne les ai pas relus…

— Tu n'en écris plus ?

— Non, dit son papa, en commençant à examiner tous les carnets dans la boîte.

Il cherchait à voir à quelle année correspondait chaque carnet. Soudain, il s'arrêta en en ouvrant un.

— Dis donc, il n'y a pas que les miens dans cette boîte !

Son papa referma le carnet et le tendit à Hector. Il l'ouvrit : c'était le sien, celui qu'il avait écrit quand il était Petit Hector ! L'année où il était un petit garçon qui voulait apprendre la Vie ! Il commença à le feuilleter : « *Quand on parle, il ne faut pas oublier à qui… Un lion ne peut pas voir le Bon Côté des Choses… Pour parler aux filles, il faut s'en aller le premier…* »

Il se souvenait d'avoir écrit certaines phrases, d'autres pas du tout, comme s'il lisait le message qu'un petit garçon inconnu lui envoyait à travers les années.

— On aimerait bien profiter…, dit sa maman.

— … de toute cette sagesse, ajouta sa sœur en souriant.

— Entendu, dit son papa.

Et il tendit à Hector un de ses petits carnets.

— Tiens, celui-là, je l'ai écrit quand j'avais à peu près ton âge aujourd'hui.

Hector prit ce carnet. Et il tendit le sien à son papa.

— Et nous ?, dit sa sœur.

Hector et son papa se regardèrent.

— Et si on allait le prendre dans le jardin, ce thé ?, dit son papa.

Plus tard, quand ils furent tous assis à l'ombre, le père et le fils commencèrent à parcourir chacun les carnets de l'autre.

Hector commença :

— « Leçon nº 4 : *Beaucoup de gens pensent que le bonheur, c'est d'être plus riche ou plus puissant.* »

Son papa sourit, tourna une page du carnet de Petit Hector et lut :

— « *Gagner trois fois plus, ça peut donner envie de gagner encore trois fois plus et encore trois fois plus.* »

— Incroyable !, dit la sœur d'Hector.

— Non, pas tellement, dit sa maman.

Le papa d'Hector tourna encore une page du carnet de Petit Hector et lut :

— « *Dans la Vie, il faut toujours voir le Bon Côté des choses.* »

— Mon Dieu, dit sa maman, je me souviens…

— Moi aussi, Maman. Un jour au zoo… Et voilà : « Leçon nº 20 : *Le bonheur, c'est une manière de voir les choses.* »

— Je suis si contente que tu ne l'aies pas oublié, dit sa maman.

Et puis son papa lut :

— « *Les chevaliers respectaient des règles, comme Maman.* »

Hector répondit :

— « Leçon n° 22 : *Les femmes sont plus attentives au bonheur des autres.* »

Son papa sourit et lut :

— « *Ulysse était un Nutilitariste.* »

— Comme toi, mon chéri, dit sa maman en riant.

En se souvenant de la lettre que sa sœur venait de brûler, Hector eut envie de dire à sa maman que non, ce n'était pas aussi simple, son papa n'était pas simplement un utilitariste. Mais en voyant leur sourire quand ils se regardèrent, il se dit que ce n'était vraiment pas nécessaire.

Table

DU MÊME AUTEUR

CHEZ ODILE JACOB

Essais

La Force des émotions. Amour, colère, joie (avec Christophe André), 2001.

L'Estime de soi. S'aimer pour mieux vivre avec les autres (avec Christophe André), 1999.

Comment gérer les personnalités difficiles (avec Christophe André), 1996.

Les Contes d'un psychiatre ordinaire, 1993.

Romans et contes

Le Nouveau Voyage d'Hector. À la poursuite du temps qui passe, 2006.

Hector et les secrets de l'amour, 2005.

Le Voyage d'Hector ou la recherche du bonheur, 2002.

Liberté pour les insensés. Le roman de Philippe Pinel, 2000.

CHEZ UN AUTRE ÉDITEUR

Ulik au pays du désordre amoureux, Oh ! éditions, 2003.

CET OUVRAGE A ÉTÉ COMPOSÉ
ET MIS EN PAGES PAR FACOMPO, LISIEUX
ET ACHEVÉ D'IMPRIMER SUR ROTO-PAGE
PAR L'IMPRIMERIE FLOCH À MAYENNE
EN OCTOBRE 2010

N° d'impression : 77706
N° d'édition : 7381-2567-X
Dépôt légal : octobre 2010
Imprimé en France